鎌倉お宿のあやかし花嫁

小春りん Lin Koharu

アルファポリス文庫

https://www.alphapolis.co.jp/

目次

チェックイン

「紗和（さわ）が大きくなったら、迎えに来るよ」

紅く濡れた瞳が妖（あや）しく光る。

月並みな台詞（せりふ）に絆（ほだ）された少女は、

「だから……そのときはどうか、俺のお嫁さんになって」

彼がその後、十七年来のストーカーになるとは夢にも思っていなかった――

一泊目　十七年ぶりの再会

　四月上旬。春の鎌倉(かまくら)は、見頃を迎えた桜目当ての行楽客で賑わっている。

　特に今、紗和がおり立った鎌倉駅は、平日だというのに人であふれ、混雑を極めていた。

「あ。これ、懐かしいなぁ」

　西口に建つ、とんがり帽子の時計台。

　待ち合わせ場所としても知られるそれを見た紗和の脳裏(のうり)には、子供のころ——鎌倉に住んでいた当時の記憶が蘇(よみがえ)ってきた。

『さわも、あのひとみたいに、てっぺんにのぼりたい！』

　あのときは……そうだ。

　時計台の上で逆立ちしている〝あやかし〟を見つけて指をさしたら、周囲が息を止めたように静まり返った。

　当時の紗和は、自分が〝視(み)える人〟であるという自覚がなかったのだ。

　周りの人にも当たり前に、あやかしが視(み)えていると思い込んでいた。

『紗和、あやかしが視えることは、みんなには内緒にしよう』

同じく視える人だった両親に諭されて、そのときは意味もわからずに頷いた。

結局、分別がつくようになるまでは似たような失敗を何度かした。

二十二歳になった今ではさすがに〝あやかしが視えることは普通じゃない〟と理解しているので、厄介事を避けるためにも視て視ぬふりをするように心掛けている。

しかしながら、幸か不幸か。

紗和にはもうひとつ、〝特別に視えるもの〟があった。

（今日はあやかしは視かけていないけど、やっぱり人混みにいると目が疲れちゃうな）

「ハァ……。早く行こう」

一瞬強く吹いた風が桜の花びらを舞い上がらせ、行き道を示すように西へと消えていく。

気が重くなることを思い出した紗和は、行楽客に紛れながら歩き出した。

引きずっている特大サイズのキャリーケースには、〝これから始まるはずだった新生活〟のために買い揃えた生活用品一式が詰め込まれている。

本当なら紗和は今ごろ、明るい未来を前に胸を躍らせているはずだった。

（まさか新年度早々、無職の家なしになるだなんて、思ってもみなかった――……）

『北条紗和さん。申し訳ないけど、契約違反だからシェアハウスを退去してくれる？』

遡ること、約一週間。三月下旬某日。

紗和は就職を機に移り住んだ都内のシェアハウスで、退去勧告を受けた。

理由は、四月から働く予定だった会社が倒産して、実質無職になってしまったから。

『契約時に、無職は入居不可だって強めに言ってあったよねぇ？』

面倒くさそうにため息をついたのは、シェアハウスのオーナーだ。

温厚そうな五十代の男性で、子供のころに無職の父に苦労させられた過去があり、無職アレルギーなのだと契約時にボヤいていた。

『もちろんすぐに、次の仕事を探す予定です！　だから今日は、これからのことについてオーナーさんと前向きな話し合いをしたいと思ったんですが……』

『いやいやいや。契約違反したくせに前向きに考えろとか、自分がどれだけ厚かましいこと言ってるかわかってる？』

これだから無職は、と続けたオーナーは、鋭い目つきで紗和を睨んだ。

『もう言い訳はいいからさぁ、一日も早い退去をお願いしますよ！　家具家電はこっちの備品だし、北条さんの荷物なんか大してないんだから』

有無を言わさぬ圧で迫られ、紗和はつい口をつぐんでしまった。

(本当なら、こんな退去勧告は違法だって言い返したいところだけど)

実は話し合いの前から、こうなることを予想していた。

なぜなら紗和がオーナーと初めて会ったときから、オーナーは〝悪辣な人にありがちな色〟をまとっていたからだ。

(黒と紫、それから淀んだ緑が混ざった、視ているだけで心が重くなってくる色)

『……申し訳ありませんでした。荷物をまとめ次第、出ていきます』

この手の色をまとった人は、一見温厚そうでも、気に入らないことがあったらとことん相手を追い詰める。

反論しても事態は悪化するだけだと、紗和はこれまでの経験から学んでいた。

現に諦めて謝罪の言葉を述べたら、オーナーは溜飲が下がった様子で満足げにほほ笑んだ。

「〝色〟が視えなければ、もう少し食い下がることもできたかもしれないよね……」

自分が無職の家なしになった経緯を思い出していた紗和は、本日何度目かもわからないため息をついた。

あやかしが視えるだけじゃない。

紗和は生まれつき〝共感覚〟が強くて、相手の本質を色で視ることができた。

その対象は人に限らず、あやかしも含まれる。

身体のまわりにぼんやりとしたオーラのようなものが視えるのだ。

そう——これが紗和の、もうひとつの〝特別に視えるもの〟。

（この力のおかげでいいこともあれば、悪いこともいろいろあるよね）

シェアハウスのオーナーとのやり取りは、ほんの一例に過ぎない。

子供のころから余計なものばかり視てきたせいで、紗和は初対面の人が相手でも、先入観を持って接する癖がついていた。

「ハァァ〜……。こんなんじゃ、どのみち就職先でもうまくいかなかったかも」

足を止めたら、アスファルトの割れ目から顔を出しているタンポポが目についた。

大きく広げられた緑の葉に、美しい黄色がよく映える。

地中にはしっかりとした根を張っているのだろう。

（私も、こんなふうに強くなれたらいいのにな——って、）

「あれ？　道って、こっちで合ってたっけ？」

行楽客から離れた紗和は、住宅街に迷い込んでいた。

目的地はこの先だとは思うが、なにせ鎌倉に来るのは十七年ぶりなので自信がない。

紗和はスマホのマップで道順を確認しようとした。

（あっ）

そのときだ。

目の前にある分かれ道の右側で、白いものがチラチラと光った。

まるで宙に舞ったタンポポの綿毛の塊が、太陽を反射したかのような淡い光。

（一緒に来てくれてたんだ……）

思わず、紗和の肩から力が抜けた。

実のところ、紗和がこの光を見るのは今日が初めてではない。

紗和はこれまで何度も、この光に助けられてきた。

五歳のときに両親を事故で亡くし、静岡の叔母に引き取られてからというもの、ときどき今のような白い光を目にすることがあったのだ。

白い光は大抵、紗和が迷っているときや困っているときに現れ、なにかしらのヒントのようなものを示して消えた。

あやかしの一種かと疑っていた時期もあったが、十七年間、光はただの光のままで、実態らしきものが現れることは一度もなかった。

「いつもありがとう。今回は、右の道を進めって伝えに来てくれたの？」

尋ねたときにはもう、白い光は消えていた。

だけど、今この瞬間も、白い光はきっとそばにいてくれる。

そう思ったら、重かった足が軽くなった。

(よしっ、行こう)

ふたたび、前を向いて歩き出す。

紗和の目的地――……〝鎌倉の実家〟までは、あともう少しだった。

＊　＊　＊

「……ただいま。って、言うのも変かな」

道に迷いかけてから、十数分後。紗和は無事に目的地に到着した。

実に十七年ぶりに訪れた実家は、明らかに老朽化が進んでいた。

とはいえ、住んでいたころから古民家感満載の平屋だったので、未だに存在していること自体が奇跡に近い。

「三日前まで住んでた人が、綺麗に使ってくれてたんだなぁ」

郵便受けにしまってあった鍵をさして中に入った紗和は、巨大なキャリーケースを、かつて居間として使われていた部屋まで運んだ。

(匂いとか、当時と全然違う気もするけど)

鎌倉生まれの紗和は、五歳のときに両親を事故で亡くすまで、ここ、鎌倉市常盤地区で生活していた。

紗和が叔母の静子に引き取られて静岡に引っ越してからは、鎌倉の実家は賃貸物件として第三者に貸し出されていた。

そんなこの家も、近々取り壊されることが決まっている。

理由は、先にも紗和自身が感じた通り建物の老朽化と、紗和が世間一般に言われている大人になったためだった。

『紗和も社会人になるし、いい機会だと思うの』

静子に改まって相談されたのは、年が明けてすぐのこと。

情に厚い静子は熟慮の末に、両親と暮らした思い出の詰まった家を十七年間手放さずにいてくれた。

けれど紗和の就職先も決まり、静岡を出て都内に移り住むことになったので、もう実家を残しておく必要はないと感じたらしい。

『うん。私も取り壊しに賛成だよ。いつまでも残しておいても、しょうがないもんね』

そのときの紗和は、まさか数ヶ月後に自分がこんなことになるとは想像もしていなかったため、ふたつ返事で頷いた。

（静子さんには無職の家なしになったこと、まだ報告できてないんだよなぁ）

短く息をついた紗和は、畳の上に腰を下ろした。

本来であれば、一番に報告と相談をすべき相手だということはわかっている。

それでも紗和は、育ての親である静子に迷惑と心配をかけたくないという思いから、現状を伝えられずにいた。

静子は〝視える子〟である紗和を、親族の中で唯一、快く迎え入れてくれた人だ。

紗和は静子にずっと、本当の娘のように可愛がってもらった。

だから、今度は自分が静子に恩返しをする番だと意気込んでいたのに――このざまでは、合わせる顔がない。

「とにかく、早いところ次の仕事と住む家を探さなきゃ」

鎌倉の実家はあくまで一時避難場所に過ぎない。

シェアハウスを出ていかなければならない事態になったときに、思い浮かんだのがここしかなかったというだけのこと。

(たしか、ここの取り壊しは二ヶ月先だって言ってたよね)

とはいえ生憎、電気もガスも水道も止められている。

それでも今の紗和からすれば、雨露をしのげるだけでも有り難かった。

(死んじゃったお父さんとお母さんも、まさか娘がこんな状態で実家に帰ってくるなんて思わなかっただろうなぁ)

不謹慎だが、想像するとちょっと面白い。

もしも両親が生きていたら、今の紗和を見てなんと言うだろうか。

そんなことを考えながらあらためて家の中を見回した紗和は、

「あ……これ……」

居間の柱に、懐かしい傷跡があるのを見つけた。

不規則につけられた傷跡は、年月を重ねたせいか黒ずんでいる。

（たしかこれ、子供のころに身長を記録してたやつだよね）

それは、紗和がたしかにここにいたという証だった。

当時のことを思い出したら自然と顔がほころんで、紗和はここへ来て初めて感慨深い気持ちになった。

ところが――

「あれ？　おかしいな」

よく見ると身長の記録は、ふたり分あった。

【さ】と彫られているものは、紗和を示していることに間違いない。

けれど柱には、もうひとつ【と】と記録が残されていた。

（誰のだろう）

紗和は指先で、記録の痕をそっと撫でた。

身長的に、当時の紗和とそう年は変わらない、子供のものだということまではわかるが、紗和に兄弟はいない。

「う〜〜ん」

考えても考えても、頭の中でなにかが邪魔しているような感じがして思い出せそうにない。

「あー、ダメだ」

そのうち、紗和は考えることに疲れてしまい、ごろんと畳の上に仰向けで寝そべった。

天井のシミが、当時よりも随分と増えたような気がする。

昔はそのシミを見ては『おばけみたい』なんて言いながら、ケラケラと笑っていた。

（そのときも、誰かが私の隣にいたような気がするんだけど）

やっぱり、思い出そうとしても思い出せない。

そのうちに段々と瞼（まぶた）が重くなってきて、紗和はいつの間にか眠ってしまった。


「ん……」

一体、どれくらい寝ていたのだろう。

次に紗和が瞼（まぶた）を開けたときには、すっかり日が暮れていた。

電気が通っていないせいで、部屋の中は薄暗い。

傷がついた硝子窓からさす月明かりだけが、紗和の手元を頼りなく照らしていた。

(今、何時だろう)

スマホは部屋の隅に置いたカバンに入れっぱなしだ。

とりあえず時刻を確認しようと考えた紗和が身体を起こすと、タイミングよくマナーモードの機械音が耳に届いた。

ブーブーブーブー。

なにかのメッセージが届いた音だ。

(家の中が静かだから、振動音がよく響くな)

と、そんなことを考えながら、紗和がカバンに手を伸ばそうとしたとき——

ガタンッ!

(え?)

不意に背後から物音がして、紗和は弾かれたように振り返った。

「クソッ!　住んでる奴がいたのかよ!」

「は……?」

次の瞬間、大きな黒い影が紗和の影に重なった。

中腰の状態から勢いよく押し倒された紗和は、後頭部を畳に強く打ち付けた。

「痛った!」

なにが起きたの？

思いがけない痛みと衝撃で、ぐわんぐわんと視界が揺れる。

どうにか焦点を合わせると、自分に馬乗りになっている見知らぬ男と目が合って、全身が総毛立った。

「畜生。金目のモノだけ盗んで帰ろうと思ってたのによぉ」

視線の先にいるのは、髪と髭の境界線がわからない、見るからに不精な中年男だった。

その言葉を聞くに、男は空き巣狙いでこの家に入ってきたのだろう。

――ヤバイ。

あらためて空き巣を目にした紗和の直感が叫んだ。

空き巣がまとうオーラは赤黒く、蟲のように蠢いていた。

絶対的な危険人物だと、その色が告げている。

そもそも視える視えないに関係なく、誰が見てもこの状況は絶体絶命に違いない。

「い、いやっ！　離してっ！」

紗和は身をよじって、空き巣を振り落とそうとした。

「誰か、助け――うっ⁉」

「おいっ、静かにしろっ！」

けれど助けを呼ぼうと口を開いた瞬間、空き巣に首根っこを掴まれた。

（苦しいっ）

息ができない。

それでも紗和は抵抗を諦めずに、手足をバタバタと動かした。

いくら無職の家なしだと絶望していても、若くして死にたくはない。

（静子さん、助けて！　お父さん、お母さん――！）

紗和は自分の首を絞めている空き巣の腕に爪を立てながら、心の中で必死に叫んだ。

とはいえ、都合よく助けが来るはずもない。

そのうちに段々と意識が遠退（とおの）いてきて、さすがの紗和も、もうこれまでかと諦め、目を閉じようとしたのだが……

「うわっ、な、なんだこれ⁉」

突然、白い光が現れ、男の顔の周囲を飛び回り出した。

「ホ、ホタルかぁ⁉　気持ち悪ぃなぁ！」

顔の前で動き回る光を、空き巣が鬱陶（うっとう）しそうに手で払った。

おかげで紗和の首から空き巣の手が離れた。

このチャンスを逃すまいと、紗和は目いっぱい息を大きく吸い込んだ。

「た、助けてっ！　と、きわ……っ！」

紗和は無意識のうちに、〝誰か〟の名前を力の限り叫んでいた。

「ぎゃ、ぎゃあ⁉」

次の瞬間、まるで雷が落ちたように部屋の中が光に包まれ、空き巣の身体が勢いよく後方へと吹き飛んだ。

（な、なにが起きたの？）

身体をくの字にした紗和は、畳に腕をついて上半身をゆっくりと起こした。

すると、

「……無理に起き上がらないほうがいい」

一体、どこから現れたのか。和服姿の背の高い男が、紗和と空き巣を隔てるように立ちふさがっているのが見えた。

「あ、あなたは……」

紗和はすぐに、男があやかしであることに気がついた。

なぜなら男の額には、黒く短い角が二本生えていたからだ。

紅いハイライトが入った艶のある黒髪に、形のいいアーモンドアイ。筋の通った鼻、薄い唇。男はこの世のものとは思えぬほど整った容姿をしていた。

絶世の美男とは、まさに彼のことだ。

凄絶な色気を放つ男は、紅く濡れた瞳を一心に紗和に向けていた。

（ど、どうしてだろう）

見つめられた紗和は恐怖を抱くよりも先に、なぜだかとても懐かしい気持ちになった。

「紗和の俺を呼ぶ声が聞こえたので、ようやく会いに来る決心がついた」

「わ、私が、あなたを呼んだ？」

「ああ。先ほど、俺の名を呼んでくれただろう？」

混乱している紗和には、なんのことかサッパリわからなかった。

（っていうか、なんで私の名前を知ってるんだろう）

質問したいのに、言葉がうまく声になってくれない。

「もう怯えずとも大丈夫だ。紗和のことは、俺が守るよ」

そう言うと、男は紗和を見つめたまま、とても優しくほほ笑んだ。

紗和は一瞬ドキリとしたが、すぐに〝あること〟に気づいて目を見張った。

（あれ……なんでだろう。この人、〝色〟が視えない）

これまでは、相手があやかしであろうと、本質を表すオーラを色で視ることができたのに。

今、目の前にいる彼の色は、紗和がどんなに視ようとしても、決して視ることができなかった。

こんなことは、初めてだ。

(これじゃあ彼がいいあやかしなのか、悪いあやかしなのか、判断ができないよ)

男はたった今『紗和を守る』と言ったが、その言葉を信じてもいいのだろうか。

「な、なんだ？　テメェ、どこから現れやがったっ！」

紗和が考え込んでいるうちに、吹き飛んだ空き巣が立ち上がった。

どうやら空き巣にも、あやかしの彼が視えているようだ。

(ってことは、この空き巣も視える人なの？)

「このコスプレ野郎が！　どこから現れたって聞いてんだよ！」

声を荒らげた空き巣は、ズボンのポケットから十徳ナイフを取り出した。

対する紗和は、

「コスプレ野郎――って、あなたは視える人じゃないの？」

思いがけない空き巣の反応に、空気を読めないと思われようが聞かずにはいられなかった。

「あなたには、彼が視えてるんですよね？」

「ああっ⁉　視える――なんだぁ？　女ぁ、テメェも、わけわかんねぇこと言ってんじゃねぇぞ！」

空き巣の返答は、まるで、初めてあやかしを視た人のような物言いだった。

（どういうこと？　この空き巣は、視える人なんじゃないの？）

紗和は思わずキョトンとして、首を傾げてしまった。

そんな紗和の心の内を見透かしたかのように、あやかしの男が口を開いた。

「俺たちあやかしは、〝視えない人〟にも視えるように、化けられるんだ」

「え？」

「視えない人にも視えたほうが好都合なこともあるからな。たとえば、今みたいに……俺のことが〝視える〟ほうが、より大きな恐怖を感じられるだろう？」

「きょ、恐怖って……」

「俺の紗和を傷つけたんだ。コイツには、死んだほうがマシだと思えるくらいの恐怖を味わわせてやらないと」

男はそう言うと、紅く濡れた瞳を細めて妖しく嗤った。

思わず紗和の背筋が凍る。

（や、やっぱり彼は、すごく悪いあやかしなの？）

「テメェら、のんきにペチャクチャ喋ってんじゃねぇよ！」

また考え込んでいた紗和の耳に、空き巣の叫び声が届いた。

ハッとした紗和が空き巣に目を向けると、空き巣はナイフを手に構えて紗和とあやかしの男ににじり寄ってきた。

「さっきから、オレを無視しやがってっ！」

空き巣は見るからに激昂(げきこう)している。

紗和は、反射的にゴクリと喉を鳴らして目をつぶった。

「くだらないものを、紗和に向けるなよ。怖がっているだろう」

吐き捨てるように言ったのは、怯える紗和を背に隠したあやかしの男だ。

紗和がおそるおそる閉じたばかりの目を開くと、男は面倒くさそうにため息をついて、空き巣と正面から向き合った。

「貴様には腹が立っているんだ。俺の紗和に手を出して、ただで済むと思うなよ？」

そう言うと男は右腕を上げ、空き巣をスッと指さした。

すると、次の瞬間――

「ぎゃ、ぎゃあっ⁉　なんだよこれ！」

（えっ⁉）

ナイフを持っていた空き巣の手が、黒い炎に包まれた。

ナイフはほぼ一瞬でドロリと溶け、溶岩のように空き巣の手にへばりつく。

「う、うわっ！　熱っ、熱ぃよぉ」

痛みと熱さで空き巣はのたうち回ったが、黒い炎が消えることはなかった。

「このまま魂ごと灰になればいい」

冷たい声で言ったのは、あやかしの男だ。

男は炎の色と同じく、黒い笑みを浮かべていた。

「た、助けてくれぇ……っ！」

その間も、空き巣は苦悶（くもん）の表情を浮かべて叫び続けている。

瞬く間に、黒い炎は空き巣の全身を包み込んだ。

「ひ、ひぃぃぃぃ‼」

（ちょ、ちょっと待って。なんかこれ、マズくない⁉）

見ていられなくなった紗和は、必死に手を伸ばしてあやかしの男を止めようとした。

「そ、それ以上は――って、え……？」

けれど紗和の声が男に届くより先に、例の白い光が部屋の中に現れた。

白い光は男と空き巣の間を浮遊しながら、ポンッ！　と音を立てて勢いよく弾けた。

「おやめくだしゃいませっ！」

直後、可愛らしい声が部屋の中に響いた。

消えた光の代わりに現れたのは、一本の小さな角と、ふわふわの狐の尻尾（しっぽ）が生えた、手のひらサイズの子供だった。

男の子だろうか。着ている狩衣（かりぎぬ）の裾が、ふわふわと宙で揺れている。

「か、可愛い～……」

思わず紗和の口から声が漏れた。

しかし、

（い、いけない！　また空気の読めない発言だった！）

と、すぐに我に返った紗和は、あわてて自身の口を両手で塞ぎ、押し黙った。

「常盤しゃま！　今すぐ焔をお収めくだしゃいっ！」

短い腕を目いっぱい広げた男の子が、力の限りに叫ぶ。

どうやら、あやかしの男は、名を〝常盤〟というらしい。

（常盤……）

紗和が心の中でその名を反すうすると、ピリッとした痛みが額の中心に走った。

「式神よ。どうして俺を止めるんだ」

「だって、その人をやっつけてしまったら、常盤しゃまは紗和しゃまと一緒にいられなくなってしまいましゅ！」

「しかし、俺の紗和を傷つけた奴を、放ってはおけないだろう？」

「それはもちろん、そうでしゅがっ。でも、あやかしが人に危害を加えるのはご法度でしゅ！　罪人として鎌倉幽世に連れ戻されて、幽閉されることになってもいいんでしゅか⁉」

〝そうなったら、紗和しゃまにも会えなくなってしまいましゅ！〟と、言葉を続けた小さなあやかし——式神は、風船のようにプクッと両頬を膨らませた。

（や、やっぱり可愛い……）

紗和は思わず目をキラキラと輝かせながら式神を見つめた。

対して、式神に説得された常盤は「うーん」と悩ましげに唸る。

「たしかに、紗和に会えなくなるのは嫌だな」

「でしゅでしゅ！　常盤しゃまが怒るのはごもっともでしゅが、ここはおふたりの未来のためにも気を静めてくだしゃいませっ！」

結局、説得に応じることにしたらしい常盤は、渋々といった様子で構えていた腕を下ろした。

同時に、空き巣についていた黒い炎が消える。

これには紗和も本能的にホッと息をついたが、

「ば、ば、化け物っ！」

空き巣は炎から解放された直後、一目散にその場から逃げ出した。

（走れるってことは、ケガはそこまで酷いわけではなさそう？）

どういう原理か謎だが、溶けたナイフも消えてなくなっていたようだ。

ついでに空き巣がのたうち回っていた畳も、燃え痕ひとつついていない。

「式神、あいつを追いかけろ」

と、空き巣が逃げ出してすぐに常盤が口を開いた。

「紗和を傷つけた輩を、みすみす逃したりはしない。捕まえて、鎌倉現世の警察に突き出し、もう二度と悪さができないようにしてくるんだ」

「アイアイサーでしゅっ！」

（わっ⁉）

常盤に命令された式神は、ぼわん！　という音とともに煙を立てて、その姿を白い光に変えた。

それは紗和がよく知る、例の白い光だった。

白い光の姿になった式神は、空き巣が走り去ったほうへと、まさに光の速さで消えていった。

「あの子が……ずっと私のそばにいた、白い光の正体だったの？」

唖然とした紗和が独りごちると、そばに立っていた常盤が着流しの裾を翻して紗和の前に跪いた。

「紗和、ケガはしていないか？」

常盤はそう言うと、紗和を見て悲しげに眉尻を下げた。

一瞬ドキリとした紗和は、反射的に顔を背けると、恐怖で汗が滲んでいた手をギュッと握りしめた。

「だ、大丈夫、です」

「そうか。それならよかった」

紗和を見つめてホッと息をこぼした常盤は、空き巣を燃やしていたときとはまるで別人だ。

（結局、彼は悪いあやかしではないってことなのかな？）

紗和は思わず心の中で首を傾げた。

常盤が、紗和を空き巣から助けてくれたことは間違いない。

それだけで常盤を善とするのを心もとなく感じたが、常盤の色が視えない以上は判断材料が他になかった。

「た、助けてくださって、ありがとうございました」

とにもかくにも、常盤が来なければ、今ごろ紗和は死んでいたかもしれない。

考えた末に、紗和は常盤に感謝の気持ちを伝えた。

すると常盤は紗和を愛おしそうに目を細めて見つめながら、ほほ笑んだ。

「助けるのは当然のことだから、お礼なんていらない。だって紗和は、俺の大事な花嫁だからな」

「…………え？」

予想外の言葉が常盤から返ってきて、紗和は驚き、目を見開いて固まった。

（は、花嫁？　え、私が、この人の？）

「ど、どういうことですか？」

こんなに戸惑うのは、入社予定だった会社が倒産したのを知った日以来かもしれない。

見ず知らずのあやかしに『花嫁だ』と言われるなんて、悪い夢にもほどがある。

「あの場面で俺を呼んだということは、紗和も十七年前と同じ気持ちでいてくれたということだろう？」

「十七年前？」

「ああ。まさか紗和は、俺と交わした〝約束〟を覚えていないのか？」

――……十七年前。約束。

なにひとつ心当たりのない紗和は、頭の上に疑問符を並べながら首をひねった。

「あ、あの。人違いじゃないですか？」

「人違い？」

「ご、ごめんなさい。だって私たちは、今日が初対面ですよね？」

「え……」

「私があなたを呼んだって、なんのことですか？　そもそも、どうしてあなたは私のことを知ってるんです？」

紗和が率直に尋ねると、常盤の顔色がわかりやすく曇(くも)った。

曇(くも)ったというより、落胆していると言ったほうが正しいかもしれない。

ショック、悲しさ、寂しさ――。そんな感情が、まざり合った顔をしている。

「本当に、なにも覚えていないのか？」

「はい……。でも、あなたの口ぶりだと、私たちは以前にどこかで会ったことがあるんですよね？」

紗和がまた思い切って尋ねると、常盤はなにかを言いかけた口を閉じ、長いまつ毛を静かに伏せた。

問いに答えるか否か、迷っている様子だ。

紗和は常盤のその反応に疑問を覚えたが、今は彼の答えを待つしかなかった。

(それにしても……こんなに綺麗な男の人を見るのは生まれて初めてかも)

近くで見れば見るほど、まさに〝人並外れた〟整った顔立ちをしている。

まるで絵画から抜け出したかのように美しい容姿をした常盤を前に、紗和はあらためて感心してしまった。

「……まぁ、紗和が覚えていないのも、仕方がないことなのかもしれないな」

しばらくの沈黙の後、常盤がゆっくりと口を開いた。

「なにせ、十七年も前のことだ。覚えているほうが……きっと、どうかしているのだろう」

そう言うと常盤は、儚げにほほ笑んだ。

なぜだかズキンと胸が痛んだ紗和は、自身の胸に手を当てた。

「ほ、本当にごめんなさい。私……空き巣に襲われたばかりで、まだ少し、混乱しているのかもしれません」

口にした言葉に偽りはない。

しかし、裏には〝もうこれ以上は常盤に悲しい顔をさせたくない〟という想いを隠していた。

「紗和が混乱するのは当然だ。だから、なにも気にする必要はない」

紗和の想いを汲んだ常盤は、苦笑いをこぼして頷いた。

（やっぱりこの人は、悪いあやかしではないのかも？）

紗和がそう思ったのは、自分に向けられる常盤の目はずっと、とても穏やかで優しかったからだ。

同時に、常盤の言う〝十七年前にした約束〟や、彼のことをなにひとつ思い出せない自分に対して疑念を抱いた。

常盤が、嘘を言っているようには見えない。だとしたら本当に自分が、彼のことを忘れているだけなのだろうか？

「あ、あのっ。あなたは、本当に私と――」

過去に会ったことがあるんですか？　と、尋ねるより先に、

「紗和。とりあえず場所を移動して、これからのことを話し合わないか？」

常盤がそう言って、紗和の目を真っすぐに見つめた。

「え……これからのこと、ですか？」

面食らって聞き返すと、常盤は言葉を選びながら慎重に話し始めた。

「紗和が俺のことを一切覚えていないことは理解した。だが、あんなことがあった以上、俺は紗和をここにひとり残して戻れない――というか、絶対に置いていきたくない」

キッパリと言い切った常盤は、空き巣の手の痕がついた紗和の首筋に触れた。

「なにより紗和も、今晩、ここでひとりで過ごすのは不安だろう？」

神妙な面持ちで尋ねられ、紗和は思わず自分の首に触れると、常盤から目をそらした。

常盤の言う通り、つい先ほど空き巣にされたことを思い出したら、とてもじゃないがここで一晩明かす気にはなれない。

（とはいえ、これから泊まれるところを捜しに行くのも怖いし……）

家を出て、ひとりで夜道を歩いていくのが嫌ならタクシーを呼ぶしかない。

しかし、無職の今は、できる限り切り詰めた生活をしていかなければ。

今の紗和にとって、ホテルやタクシーは贅沢に違いなかった。

「俺のことを覚えていない紗和に、〝俺を信じてほしい〟と言うのは身勝手だと承知の上で言わせてもらう」

迷っている紗和を前に、あらためて畏まった様子で常盤が口を開いた。

「俺は、紗和に絶対に危害を加えない。だから今は俺を信じて、ついてきてはくれないか？」

紗和を見つめる常盤の瞳は、やはり紅く濡れていた。

でも、決して恐ろしい色ではない。

声色と同じく、ひたむきで真摯な想いが紗和の心の奥まで伝わってきた。

「ほ、本当に……あなたを信じてもいいの？」

意を決して尋ねた紗和の唇は震えていた。

初めて、本質の色を視ることができない相手。それも、相手はあやかしだ。

信じろというほうが無理がある。けれど常盤は、そんな紗和の思いを、きちんとわかってくれていた。

「絶対に悪いようにはしないと誓う。紗和は、俺のたったひとりの大切な人だ。それはこの先、一生変わることはないと胸を張って言える」

そう言うと常盤は、紗和を安心させるようにほほ笑んだ。

対する紗和はポカンとして固まり、返事に困ってしまった。

『紗和は、俺のたったひとりの大切な人』

『それはこの先、一生変わることはない』

一聴すると、まるでプロポーズだ。

男性に免疫のない紗和は、相手があやかしだとはわかっていても、照れずにはいられなかった。

「紗和、どうした？　顔が赤いぞ」

「え……。い、いえっ。それは……あ、あなたの気のせいです！」

顔を赤く染めて戸惑う紗和を見た常盤は、キョトンとしたあと、フッと息をこぼすように口端を上げた。

「ああ……なるほど。俺の気のせい、か。……ヤバいな、ゾクゾクする」

「ゾクゾク……え？」

「いや、なんでもない。四月の夜はまだ冷える。紗和はこれを羽織るといい」

そう言うと常盤は、自身の羽織りを脱いで、紗和の肩にそっとかけた。

――温かい。紗和がそう感じたのは、これまでずっと不安だった心が、不思議な安心感に包まれたからだ。

常盤は、あやかし。

(でも、どうしてかはわからないけど。私、彼のことは信じられるって思ってる)

不思議だ。

過去、常盤との間になにがあったのかも、常盤自身のことも覚えていないのに、紗和は常盤の手なら取れると直観していた。

「ありがとう、ございます。私、あなたに――常盤さんに、ついていきます」

紅く濡れた瞳を真っすぐに見つめ返しながら紗和が答えた。

すると、常盤は一瞬大きく目を見開いたあと、自身の顔を両手で覆った。

「あの、常盤さん？」

「ダメだ……。勝手に顔が緩む。十七年間、悪い虫がつかぬよう見守ってきてよかった」

「十七年間？　悪い虫？」

「ああ……。いや……なんでも。あらためて、俺を信じてくれてありがとう。こんなにも幸せな気持ちになるのは、実に久しぶりだ」

そう言った常盤は、自身の顔を覆っていた両手をパッと開いてほほ笑んだ。

(やっぱりちょっと、引っかかるところはあるけど……)

信じると決めた以上、今は常盤についていくしかない。

「それで、私はあなたと、これから一体どこに——ひゃっ⁉」

と、次の瞬間、紗和の身体がふわりと浮いた。

不意に立ち上がった常盤は、紗和の背中と膝裏に手をまわすと、もう逃がさないとばかりに紗和を優しく抱きかかえた。

「あ、あのっ！　重いのでおろしてくださいっ。自分の足で歩けますので！」

お姫様抱っこなど幼少期にされて以来だった紗和は、わかりやすく狼狽(うろた)えた。

「嫌だ。俺が抱いていたいんだ。紗和は重いどころか、軽すぎるくらいだよ」

「いやいやいや！　そんなわけないですからっ」

紗和は必死に抗議したが、常盤が聞き入れることはなかった。

「残念。なにを言われても、俺は目的地に着くまで紗和をおろさない。……むしろこのまま、一生腕に抱いていたいくらいだ」

「え？」

「いや、なんでも」

常盤はまた〝なんでもない〟と言って目をそらした。

（なんかさっきから、彼の発言がちょこちょこ変じゃない？）

いよいよ不信感を覚えた紗和は、疑いの目を常盤に向けたが——

「まぁ、冗談ではなく、本音はさておき」

「本音？」

「これから俺たちが向かうのは、鎌倉現世でも〝あやかしにしか視えない〟場所だ」

「あやかしにしか視えない場所って……私は人なのに、大丈夫なんですか？」

「ああ。紗和だけは特別だ。だけど万が一のことを考えて、紗和は俺に抱かれていたほうが安全だよ」

そう言うと常盤は地を蹴った。

直後、常盤の身体が、抱えている紗和ごと宙に浮いた。

「ほ、本当に大丈夫なんですか⁉」

「もちろんだ。……十七年、俺はこの日を待ち侘びていた。もう二度と、離すものか」

不穏な言葉が聞こえたと同時に、ふたりの身体はまばゆい光に包まれた。

鎌倉の夜は、酷く静かで趣深い。

紗和は常盤の腕に抱かれたまま、闇の中に吸い込まれた——

二泊目　幽れ宿・吾妻亭

「さぁ、着いたぞ」

光が遮断された異空間を抜けた常盤が紗和をおろしたのは、重厚かつ風格のある数奇屋門の前だった。

門を抜けると草木の佇まいが美しい前庭が出迎えてくれる。

格調高い石畳の先には暖色の灯りが点った純和風の建物が構えており、日々の喧騒を忘れさせた。

まるで江戸時代にタイムスリップしたような荘厳さかつ、雅な雰囲気に圧倒される。

「ここって……まさか、あなたの家ですか？」

「あながち間違いではないが、ここは正確には〝幽れ宿・吾妻亭〟という、あやかし専門の宿だ」

「あやかし専門の宿？」

驚いた紗和が聞き返すと、常盤はほほ笑みながら頷いた。

「吾妻亭の宿泊客の多くは、鎌倉観光に訪れた他県のあやかしたちだ」

「あ、あやかしの世界にも、旅館とか観光っていう概念があるんですね」

感心した紗和はあらためて、吾妻亭に目を向けた。

紗和はこれまで、人とあやかしは別の生き物であると考え、彼らと距離を置いてきた。

(だけど人とあやかしって、実はそんなに変わらないのかな?)

鎌倉観光をしているあやかしたちの姿を想像したら、なんだかほほ笑ましい気持ちになる。

自然と、紗和の顔がほころんだ。そんな紗和を見て、常盤も嬉しそうに笑みをこぼした。

「あ……。でも、人である私は、吾妻亭には泊まれないんじゃないですか?」

紗和は真っ当な疑問を常盤にぶつけた。

吾妻亭は、あやかし専門の宿。常盤はなぜここに、人である紗和を連れてきたのだろう。

「それは——」

「常盤様、おかえりなさいませ」

そのとき、落ち着き払った声が、常盤の声を遮(さえぎ)った。

紗和が声のしたほうへと目を向けると、吾妻亭の玄関前に背の高い痩身の男が立っていた。

「ああ、小牧、ただいま」

小牧と呼ばれた男の見た目は三十代前半で、純和風の建物とは対照的な、スマートな洋装を身にまとっていた。

白いシャツに黒いベスト、黒いスラックスと革靴。首元には品のある細めのネクタイを締めている。

髪と瞳の色は黒で、銀縁の丸眼鏡をかけたインテリジェンスな男性だが――

(小牧さんは猫のあやかし、なのかな?)

頭には黒い猫耳。尾骨のあたりからは先端だけ白くなった細くて長い、黒い尻尾が一本生えていた。

「小牧、彼女が紗和だ。紗和、この男は小牧といって、吾妻亭の従業員のひとりだよ」

〝悪い奴ではないから安心して大丈夫だ〟と続けた常盤の言葉の通り、小牧がまとう色は穏やかな月白色だった。

知的かつ冷静な常識人によく見る色だ。

(小牧さんが悪い人ではないっていうのは本当みたい)

「……あなたが噂の〝紗和さん〟ですか」

と、数秒の沈黙後に口を開いた小牧は、紗和を観察するように眺めた。

反射的に背筋を伸ばした紗和は、

「は、初めまして。北条紗和と申します!」

そう、とっさに自己紹介して、緊張しながら頭を下げた。

「ご丁寧にありがとうございます。自分は、小牧と申します」

「小牧、さん」

「見ての通り、猫のあやかし・猫又で、吾妻亭では総務的な役割を担っております」

「総務、ですか?」

「はい。フロント係だけでなく、財務管理や営業に事務系の仕事など、幅広くやらせていただいております」

歯切れよく紗和に挨拶を返した小牧は、右手の腹でクイッと眼鏡の端を持ち上げた。

「本日は紗和さんにお会いできて光栄です。常盤様から、紗和さんのお噂はかねがね伺っておりましたので」

「私の噂を、常盤さんから聞いていた?」

不思議に思った紗和が聞き返すと、

「そ、その話は、今はいいだろう? そうだ! 紗和の生活用品が詰まったキャリーケースも、こちらに送っておいたんだ。紗和の部屋に運ばせておく」

と、妙に焦った様子の常盤が、話の腰を折った。

（私のキャリーケースのこと、どうして知ってるんだろう？）

また不思議に思った紗和は首を傾げて、頭の上にハテナを並べた。

というか、紗和が聞きたいことはまだまだ他にもたくさんあるのだ。

「あの、それで私は……」

ところが、紗和がこれからのことについて尋ねようとしたら——

ぐうぅぅぅうううう。

突然、腹の虫が盛大に鳴いた。

目を見張った常盤と小牧とは対照的に、自身のお腹に両手を添えた紗和は真っ赤になって俯いた。

「す、すみません！　私、今日は朝からなにも食べてなくてっ」

穴があったら入りたいとはまさにこのことだ。

紗和は恥ずかしさが限界を超えて、キュウッと両目を固く閉じた。

——すると、

「……ヤバイな。紗和が恥ずかしがっている姿、やっぱり最高にゾクゾクする」

「え？」

「死ぬほど可愛くて、今すぐどこかに閉じ込めてしまいたい」

耳を疑うような言葉が聞こえて、紗和は閉じたばかりの目を開けた。

声の主である常盤を見ると、常盤は両手で顔を覆いながら天を仰いでいた。

（い、今の、聞き間違いだよね？）

ちょっと変態的な発言だった気がするけれど。

引き気味に戸惑う紗和に対して、小牧は冷めた目を常盤に向けている。

「あ、あの……？」

「ああ、どうかお気になさらず。これは常盤様の通常運転ですので」

そう言うと小牧は、呆れたようにため息をついた。

これが常盤の通常運転だとしたら、大問題のような気もするが……

ツッコミを入れてもいいのか、今の距離感だと判断が難しい。

「常盤様、紗和さんが戸惑っておられますよ」

結局、紗和の代わりに小牧が常盤にツッコんだ。

「あ――。す、すまない。照れる紗和が尊すぎて、一瞬、我を失ってしまった」

ハッとして目を瞬いた常盤は、顔を覆っていた手をおろして紗和を見る。

そして、コホンと咳払いをしてから、あらためて口を開いた。

「紗和、いろいろと俺に聞きたいことはあるかもしれないが、まずは先に腹ごしらえをしないか？」

「え……。い、いいんですか？」

「もちろんだ。小牧、紗和に温かい食事の用意を」

「わかりました」

そうして小牧に食事の手配を言いつけた常盤は、空腹の紗和を吾妻亭に招き入れた。


「想像以上に広いお宿で驚きました」

紗和が案内されたのは、〝紫陽花(あじさい)の間〟と名付けられた客室だった。

紫陽花(あじさい)の間は吾妻亭内でも比較的奥まった場所にある。

おかげで紗和は道中、宿泊客さながらに建物内を見て回ることができた。

「吾妻亭には一応、客室が五部屋ある。その他に宴会場や調理場、庭園に、あとは従業員の住居スペースである離れの棟や裏山――なんかも入れると、敷地自体が相当な広さであるのはたしかだ」

「そうなんですね……」

常盤いわく、吾妻亭はその昔、あやかし界で有名な豪商の別荘だったらしい。

手放されてから随分と時間が経って、荒れ果てていた建物を改装して始めたのが、あやかし専門の幽(かく)れ宿(やど)というわけだった。

「ところどころに置かれていた花手水(はなちょうず)が、すごく素敵でした」

紗和が特に気に入ったのは、美しく手入れされた庭園に置かれた色鮮やかな花手水だ。

花手水以外にも、吾妻亭内は掃除が行き届いており、どこを切り取っても綺麗で、随所におもてなしの心を感じさせた。

「こんなに素敵なお宿に泊まれるあやかしたちが羨ましいです」

紗和が感嘆すると、正面に座した常盤は柔らかな笑みを浮かべてから目を伏せた。

「ありがとう。それを聞いたら、ここで働く者たちも喜ぶはずだ。……それに、俺も紗和にそう言ってもらえて、とても嬉しい」

「え……？」

なぜ、常盤が喜ぶのだろう。

また疑問に思った紗和は心の中で首をひねったが、

「失礼いたします。お食事をお持ちいたしました」

タイミング悪く扉の向こうから聞こえた声に、話を打ち切られてしまった。

「その声は、阿波か。ありがとう、助かるよ」

常盤の返事を受けて、扉が静かに開く。

現れたのは、鶯色の作務衣に小豆色の腰巻エプロンを身に着けた高齢の女性だった。

阿波と呼ばれた女性は美しい所作で一礼すると、運んできた膳を持って部屋の中に入ってきた。

阿波がまとう色は、おおらかな印象を受ける藤色だ。

（この人も、あやかしなのかな？）

常盤と小牧に比べ、阿波は見た目にあやかしらしい特徴が一切なかった。

白髪で背の低い老婆だが矍鑠（かくしゃく）としていて、料理を座卓の上に並べる様子も手際がよかった。

「お飲み物は、温かいお茶をご用意させていただきました」

「す、すみません。わざわざ、ありがとうございます」

いたれりつくせりな対応に恐縮した紗和は頭を下げた。

「いいえ、こちらこそお待たせして申し訳ありません。急なことでしたので、手の込んだものを作れず申し訳ありませんと、花板（はないた）からも伝言を預かっております」

阿波に丁寧に一礼された紗和は、ますます畏（かしこ）まった。

「紗和。阿波は吾妻亭の仲居たちを束ねる仲居頭なんだ」

「そうなんですね。お忙しいでしょうに、私のために本当にすみません」

このままだと謝罪合戦になりそうだ。

これでは埒（らち）が明かないと阿波は思ったのだろう。

「滅相（めっそう）もございません。僭越（せんえつ）ながら、お料理のご説明に移らせていただいてもよろしいでしょうか？」

　自然に紗和の視線を料理に誘導すると、あらためて背筋を伸ばした。

「は、はいっ。よろしくお願いします」

「お運びいたしましたのは、吾妻亭の花板特製、けんちん汁御膳でございます」

「けんちん汁御膳、ですか？」

「その名の通り、こちらの御膳の主役はけんちん汁です。けんちん汁は鎌倉発祥の郷土料理と言われております。使用している野菜もすべて、鎌倉市内で採れたものです。ぜひ、温かいうちにお召し上がりくださいませ」

　そこまで言うと阿波は存在を消すように後方に控えた。

　阿波から視線を移して目の前に置かれた料理を見た紗和は、思わずゴクリと喉を鳴らした。

（お、おいしそう……）

　粒がきらめくほっかほかの白いご飯に、たくあんと胡瓜の漬物。付け合わせの小鉢には少量の肉じゃが。

　そして、丼サイズの漆塗りの汁椀には、けんちん汁がたっぷりと入っていた。

　けんちん汁から立つ湯気が、胡麻油の香りを紗和の鼻孔まで運んでくれる。

　紗和はたまらずに手を合わせた。

「いただきます！」

漆塗りの箸を持つ。続いて紗和が手を伸ばしたのは、もちろん鎌倉発祥と言われているけんちん汁だった。

左手で汁椀を持ち、まずはいちょう切りされた大根を箸で掴む。

湯気が立つ大根にフーフーと息を吹きかけ気休め程度に冷ましたあと、躊躇（ちゅうちょ）なく口に運んだ。

「は、はふっ、はふっ。んん〜〜〜っ！」

熱々の大根を奥歯で噛んだら、大根に染み込んだ汁が口の中いっぱいに広がった。

素朴であっさりとした味だが、汁に野菜のだしがたっぷりと染み出ているのがわかる。

続いて、人参、ごぼう、里芋、ネギ――。合間に炊きたての白いご飯と甘めの肉じゃがを挟みながら、紗和は黙々と箸を進めた。

（どうしよう、幸せすぎる）

胡瓜（きゅうり）の漬物でひと呼吸置いたあと、紗和は一旦、箸を箸置きの上に置いた。

そして今度は両手で汁椀を持つと、醤油（しょうゆ）ベースの汁をすすった。

（はぁ……これはヤバい……）

身体中に、けんちん汁の旨味が染み渡って自然と顔がほころんでしまう。

「すごく、おいしいです。野菜の火入れ加減も抜群だし、食べたら身体だけじゃなく、心もポカポカ温まった気がします」

空腹の限界だった紗和は、あっという間にけんちん汁御膳を平らげた。

「ごちそうさまでした」

紗和は大満足で手を合わせた。しかし、ふと視線を感じて顔を上げる。

(え?)

そこには座卓に頬杖をつきながら、ニコニコと嬉しそうに紗和を眺める常盤がいた。

まさかとは思うが、

「わ、私が食べている間、ずっとそうして見ていたんですか?」

けんちん汁御膳に夢中になっていた紗和は常盤にまで気が回らず、気がつかなかった。

「ああ。ご飯を食べている紗和も可愛いなぁと思って見ていた」

恥ずかしげもなく答えた常盤は、「おかわりは大丈夫か?」と言って、空になった椀を指さした。

「も、もう大丈夫です」

対する紗和は、少し引いて、膝の上でギュッと拳を握りしめた。

(彼を信じるって言ったけど、やっぱりいろいろ変だよね……)

お腹がいっぱいになった途端、今さら冷静に頭が回転し始めた。

そもそも常盤はなぜ、あやかし専門宿である吾妻亭に、人である紗和を連れてきたのか。

ご飯をお腹いっぱい食べさせてもらったあとで、常盤を疑うのは忍びない。

だけど常盤は、このあと自分をどうするつもりなのだろう――と、考えれば考えるほど、紗和の不安は大きくなった。

「あ、あの……。このたびはお食事をご用意していただき、ありがとうございました」

紗和は姿勢を正すと、座ったまま頭を下げた。

もう、まどろっこしく聞くのはやめよう。

「食べ終わってすぐにこのようなことを尋ねるのはとても失礼だと思うのですが、あなたは一体、何者なんですか？」

心を決めた紗和は今度こそ誤魔化(ごまか)されまいと、直球の質問を常盤に投げた。

すると常盤は一瞬目を見開いて固まったあと、頬杖をやめ、紗和に倣うように姿勢を正した。

「そうだな。紗和の空腹も落ち着いたようだし、約束通り〝これからのこと〟を話し合おう」

常盤が今言った通り、紗和はもともとそういう提案を受けてここにやってきたのだ。

「まず、紗和が一番知りたがっているらしい、俺が何者なのかということだが」

「……はい」

「あらためてになるが、俺の名は、常盤という。見ての通りあやかしで、この吾妻亭の主人をしている」

「吾妻亭の主人を……？」

紗和が思わず聞き返すと、常盤はニッコリと笑ってみせた。

（ああ、そうか。だから彼は、私が『ここは、あなたの家ですか？』って聞いときに、『あながち間違いではない』って言ったんだ）

「それで、その他のことについてだけど。まずは、なにから話せばいいか――」

と、常盤が悩ましげに唸った直後、

「ひゃっ⁉」

突然白い光が高速で現れ、ポンッ！　という軽快な破裂音を立てて部屋の中で弾けた。

「常盤しゃまっ！　空き巣を無事に捕まえ、鎌倉現世の警察しゃまに突き出してまいりましたっ！」

白い煙の中から出てきたのは、式神と呼ばれた小さな男の子だ。

「ご苦労だった。突き出す前に、ちゃんと仕置きはしておいたか？」

「もちろんでしゅ！　おしりぺんぺん百叩きの刑に処してやりましたっ！」

式神は可愛らしく敬礼しながら、自慢げに胸を張った。

「おしりぺんぺんか。仕置きとしては弱いし、本当ならあの空き巣こそ鎌倉幽世の牢に幽閉してやりたいところだったが……。仕方ないな。とりあえず、ご苦労だった」

常盤はそう言うと、式神の頭を優しく撫でた。

「あ、あの……。いいですか？」

また、話が脱線してはかなわない。

思い切って手を挙げた紗和は、

「その、鎌倉──現世とか幽世とかも、なんなんですか？」

たった今繰り広げられた会話の内容を拾って、質問を続けた。

「それには僕が、お答えしましゅ！」

ピョコっと手を挙げたのは式神だ。

「遥か昔から、この世界には〝人が住む現世〟と、人ならざる者──〝あやかしや神しゃまが住まう幽世〟が存在するのでしゅ！」

式神の言葉に静かに頷いた常盤は、紗和を安心させるようにほほ笑みかけた。

「ちなみに今、紗和がいるのは鎌倉現世だ」

「え……。吾妻亭はあやかし専門の宿だから、〝あやかしや神様が住まう幽世〟にあるんじゃないんですか？」

紗和の疑問は、もっともだろう。

常盤は「そこが少し複雑なんだが」と前置きをしてから、話を続けた。

「幽れ宿・吾妻亭は、現世にあるあやかし専用の宿なんだ。しかし、紗和をここに連れてくる前に説明した通り、〝あやかしにしか視えない〟ようになっている」

「じゃあ、この場所は、人の目にはどう見えているんですか？」

「広い野原だな。といっても、吾妻亭の敷地は、人の認識の中では国の指定史跡になっている」

「国の指定史跡……」

吾妻亭は鎌倉の歴史深い場所に建っているらしい。ただし、人には視えず、あやかしにしか見つけることはできない、まさしく〝幽れ宿〟というわけだ。

「それで、他に聞きたいことは？」

「え、えっと……。じゃあ、同じ質問になってしまいますけど、そんなところにどうして私は入れたんですか？」

「それは紗和が、特別だからだよ」

「私が、特別？」

「ああ、もっと正確に言うと、〝俺の特別な人〟だからだ。人が吾妻亭に入るのは、紗和が最初で最後になるだろう」

常盤の言葉を聞いた紗和の鼓動がドキリと跳ねた。

紗和を見つめる常盤の目は相変わらず優しい。

なぜならそれは、常盤にとって紗和が特別な人だから——？

「あ、あなたが私に対してそういうことを言うのは、私たちが過去に会ったことが関係しているんですか？」

「そうだな。だって俺は、紗和が相手の本質を色で視られることも知っている」

「え……」

常盤の返答に、紗和は目を見張って固まった。

まさか、共感覚のことまで知られているとは思わなかったのだ。

(だって、それは——……)

「わ、私の共感覚のことを知っているのは、亡くなった両親と、育ての親である静子さんだけです」

「え？」

「あやかしであるあなたがそれを知っているなんて、やっぱりおかしい！」

動揺した紗和は、反射的に叫んでいた。

対する常盤は、目を丸くして固まっている。

ドクドクと不穏に高鳴る胸の音を聞きながら、紗和は混乱する頭で状況を整理した。

仮に常盤の言う通り、紗和と常盤は過去に面識があったとしよう。

それでも紗和は、自分が覚えてすらいないあやかしの常盤に、共感覚のことまで話したとは思えなかった。

もちろん、亡き両親があやかしである彼に話すとも思えない。

「な、なんで私の秘密を、あなたが知ってるんですか⁉」

紗和の剣幕に、常盤も怯んでしまっていた。

（さっきも、私がキャリーケースを持ってきていたことまで知っていたし……）

どう考えても変だ。紗和は胸の前で手を握りしめて常盤に疑いの目を向けた。

すると……

「紗和しゃまのヒミツを常盤しゃまが知っているのは当然でしゅ！」

常盤のピンチに黙っていられなくなったらしい式神が、唐突に紗和の眼前に迫った。

「と、当然って、どういうこと？」

紗和は動揺しながらも聞き返した。

対する式神は、一度だけ大きく息を吸い込んでから、あらためて口を開く。

「それはでしゅね――……」

「おい、式神。余計なことは――！」

「常盤しゃまは、離れ離れになっていた十七年間、紗和しゃまのことをず～～～～～っと見ていたからでしゅよ！」

残念ながら、常盤の制止は間に合わなかった。

鼻息荒く言い切った式神は、ドン！　と効果音でも聞こえそうなくらい胸を張った。

「彼が私のことを、十七年間、ずっと見ていた……？」

「そうでしゅ！　式神の僕を紗和しゃまのおそばに侍らせて、紗和しゃまを常に監視させていたんでしゅよ！」

その口が紡いだのは、可愛らしい見た目とは真逆の恐ろしすぎる告白だった。

想像の斜め上を行くフォローだ。

これには常盤も居所をなくした様子で、頭を抱えた。

「監視って、どういうことですか……？」

「さ、紗和、それは誤解で――」

「誤解じゃないでしゅよ！　僕は常盤しゃまのご命令で、静岡にいる紗和しゃまのご様子を常盤しゃまに報告する役目を担っていたんでしゅから！　バレないようにするのは大変だったんでしゅよ～～」

式神は十七年間の自分の苦労を思い出した様子で、ヤレヤレと首を横に振ったが、紗和は開いた口が塞がらなくなった。

（じゃあ、私が定期的に見ていた白い光の正体は、やっぱりこの子だったんだ）

紗和がチラリと常盤に目を向けると、常盤はギクリと肩を揺らしたあとバツが悪そうに目をそらした。

（一体なんの目的で彼が私を監視していたのかはわからないけど、やっぱり彼を信用してついてくるべきではなかったんだ）

相変わらず、常盤がまとう色は視えないままだ。

紗和の常盤に対する不信感は、いよいよ限界点を突破した。

いろいろと聞きたいことや気になることはたくさんあるが、そんなことを言っている場合ではないのかもしれない。

「すみません。私、やっぱり――」

今すぐここを出たいです。ご飯の代金は、お支払いしますから。

ところが、紗和がそう言いかけたとき、

「常盤様。こうなってはもう観念して、すべてを紗和さんに打ち明けてはいかがですか」

突然扉が開いて、小牧が現れた。

「紗和さん。誤解なきように自分からあらためて説明をさせていただくと、常盤様がこの式神を紗和さんに侍らせたそもそもの理由は、監視ではなく護衛のためです」

「私の……護衛？」

「はい。常盤様は、鎌倉をひとりで出られる紗和さんのことを心配して、この式神をつけたのだと自分は聞いております。そして常盤様は十七年間、紗和さんを監視……いや、見守り続けていたのです」

小牧の言葉を聞いた紗和の肩から力が抜けた。

そして冷静になって、白い光が自分にとってどういう存在であったかを考えた。

紗和が困ったときに必ず現れる、不思議な光。

白い光は決して恐ろしいものではなく、常に紗和の味方だった。

「い、言い訳に聞こえるかもしれないが……慣れない地で暮らしていかなければならない紗和のことが、心配だったんだ」

すっかり小さくなりながら口を開いた常盤は、「すまなかった」と言って頭を下げた。

見た目は誰もが振り向く美男なのに、しゅんと肩を落とす姿は、なんだかとても可愛らしい。

(やってることはストーカーで間違いないけど)

反省している様子の常盤を見た紗和は、不思議とそれ以上、常盤を責める気にはなれなかった。

「とりあえず……事情はわかりました。私も、急に怒ったりしてすみません」

紗和が謝ると、常盤はおそるおそるといった様子で顔を上げた。

「でもやっぱり、まだ納得できないこと……というか、疑問に思うことはたくさんあります。私とあなたが交わしたという〝十七年前の約束〟を含めたすべてを、わかりやすく話していただけませんか？」

いよいよ腹をくくった紗和は、凜とした口調で常盤に尋ねた。

紗和の真っすぐな目に見つめられた常盤も、膝の上で握りしめた手に力を込めて、覚悟を決める。

「そうだな。紗和にはすべてを話そう。だけど……俺の話を聞いていて、少しでもつらくなったらすぐに言ってほしい」

常盤はまだ少し不安の残る目で紗和の瞳を見つめ返すと、小さく深呼吸をしてから、ふたたび静かに話し始めた。

「俺はもともと、他のあやかしたちと同様に、鎌倉幽世に住むあやかしのひとりだった。しかし〝あること〟が原因で、鎌倉幽世から鎌倉現世に逃げてきたんだ」

「その……〝あること〟って？」

「簡単に言うと、迫害だな」

「は、迫害？」

「ああ。俺の父は鬼族の鬼で、母は狐族の妖狐だったんだ。古来より、俺のようなふたつ以上の種族の血が混じったあやかしは邪血妖と呼ばれ、純粋なあやかし——純血妖から迫害の対象にされてきた」

思いもよらない話に、紗和は返す言葉を失った。

「邪血妖は純血妖に比べて妖力が弱い。だから純血妖たちは邪血妖を異質な存在として、忌み嫌っているんだ」

常盤はなんのこともないように話しているが、紗和の頭は混乱しきりだ。

まさか、あやかしの世界にもそのような差別が存在するとは考えてもみなかった。

「ですが、常盤様は特例です」

と、不意に小牧が口を挟んだ。

「彼が、特例？」

思わず紗和が聞き返すと、

「常盤様は邪血妖でありながら、純血妖と同等——もしくは、それ以上に強い妖力をお持ちですから」

小牧は淡々と答えたが、その目には常盤に対する尊敬が滲んでいた。

「ちなみに、俺の妖力が覚醒したのは紗和のおかげだよ」

「わ、私のおかげ？」

「そう。邪血妖は〝愛を知ると妖力が覚醒する〟と言われているんだ。だから俺は、紗和に恋をしたことで妖力が覚醒した」

——紗和に恋をしたことで妖力が覚醒した。

思いもよらないパワーワードをぶつけられ、紗和の目は点になった。

「ああ、驚いている紗和もやっぱり可愛いなぁ」

対する常盤は、また座卓に頬杖をついて、うっとりとしている。

（か、彼が私に、恋をしている……？）

あらためて心の中で反すうすると、紗和の頬が熱を持った。

まさか、悪い冗談に決まっている。

紗和はそう自分に言い聞かせたが、これまでの常盤の言動を思い返すと、あながち冗談とも言いきれなかった。

「紗和は覚えていないみたいだけど、俺と紗和は十七年前……紗和が五つのときに、あの鎌倉の家で一ヶ月だけ一緒に暮らしていたんだよ」

「私とあなたが一緒に暮らしていた？」

「ああ。あのころの俺も、見た目はまだ小さい童だったけどね。命からがら鎌倉現世に逃げてきて、力尽きて倒れていたところを五歳の紗和が見つけて助けてくれたんだ」

当時のことを頭に思い浮かべた常盤は、穏やかにほほ笑んだ。

紗和からすればにわかに信じ難い話だったが、やはり常盤が冗談や嘘を言っているようには見えない。

「そ、それじゃあ。もしかしてアレは、あなたの名前だったの？」

「アレとは？」

「鎌倉の家の柱に、〝と〟から始まる名前の人の身長記録があったの。アレは常盤の〝と〟だったってこと？」

尋ねると、常盤もなんのことか思い出した様子で、「ああ」とこぼして頷いた。

「懐かしいな。紗和に一緒にやろうと言われて痕を残したんだ」

ひとつひとつの疑問点が、線になって繋がった。

同時に常盤の話が嘘ではないということが確定した。

「紗和と過ごした日々は、俺にとってなにものにも代え難い幸せな時間だった」

そこまで言うと常盤は目を伏せ、寂しそうに笑った。

紗和の胸がズキリと痛んだのは、罪悪感に苛まれたからだ。

（どうして私は、彼のことをなにひとつ覚えていないんだろう）

「あなたと私は、なんで一ヶ月しか一緒にいられなかったの？」

「それは……先ほど言った通り、俺が紗和に恋をしたからだ」

常盤の話はこうだ。

一緒に過ごしているうちに、紗和への恋心を自覚した邪血妖の常盤は、ある日強大な妖力が覚醒した。

ところが当時の常盤は、覚醒したばかりの力を十分に制御することができなかった。

「このまま一緒にいたら、紗和と紗和の両親に迷惑をかけることになるかもしれないと思ったんだ」

大切な人たちを傷つけたくない。そう考えた常盤は、紗和と紗和の両親に、家を去ることを告げたのだという。

「俺が家を出ると言ったら、紗和は絶対に嫌だと言って泣いたんだ」

「え……」

「そしてそのときに、俺たちは〝ある約束〟を交わした」

常盤は、あらためて真っすぐに紗和を見つめた。

紅く濡れた瞳が妖（あや）しく光る。

紗和はこの瞳を――いつかも見たことがあるような気がした。

「あのとき俺は、〝紗和が大きくなったら、迎えに来る。だから、そのときはどうか俺のお嫁さんになって〟と、紗和に告げた」

「も、もしかして、それが――」

「ああ。そのとき紗和は、〝わかった〟と答えて笑顔で頷いてくれた。つまり十七年前、俺たちが交わしたのは、〝結婚の約束〟だ」

「え、えぇぇぇぇぇぇえっ⁉」

驚きを通り越して仰天した紗和は、顔が真っ赤になって固まった。

ハクハクと、口だけが意味もなく動いてしまう。

（まさか、結婚の約束をしていたなんて……）

だから常盤は紗和を『俺の大事な花嫁』だと言ったのだ。

プロポーズに聞こえた言葉も、ある意味では本当にプロポーズだったのかもしれない。

「というわけで、紗和。俺と結婚しよう」

まるで紗和の心の内を見透かしたようにそう言った常盤は、清々しい笑みを浮かべた。

「紗和が俺を覚えていなかったことを、いつまでも嘆いていても仕方がない。大切なのは、愛する紗和とこれからも一緒にいられるように、最善を尽くすことだ」

すっかり開き直っている。鋼のメンタルだ。

紗和は常盤の口から次々と放たれる甘い言葉に、狼狽（うろた）えずにはいられなかった。

「紗和、俺の妻になってくれ。絶対に幸せにすると誓う」

「そ、そんな……急に結婚だとか妻だとか言われても、困ります！」

「紗和は、俺と結婚するのが嫌？　俺のことが気に入らない？」

「う……っ。そ、そういう話じゃなくて……！　そもそも私は人で、あなたはあやかしなんですよ⁉　そんな簡単に結婚なんて――」

できるわけない。と、紗和がしどろもどろになりながら答えていると……

「アタシは反対ですっ‼」

今度は突然、部屋の扉が勢いよく開いた。

全員が一斉に扉のほうへと目を向けると、艶のある長い髪を揺らした女性が立っていた。

（わ、わぁ、綺麗な人）

絶世の美男である常盤に続く、絶世の美女の登場だ。

紗和は女でありながら、ポーッと頬を染めて見とれてしまった。

美女は撫子（なでしこ）色の仲居着を身にまとい、阿波と同じ小豆（あずき）色の腰巻エプロンを着けている。

しかし、美女は自身に見とれている紗和を睨むと、

「どこの馬の骨かわからない人の女が常盤様の妻になるだなんて！　アタシは絶対、

ぜ～～ったいに、反対ですっ！」

　そう言って、長い腕を胸下で組んだ。

「稲女。あんた、一体いつから話を聞いていたんだい。盗み聞きなんて失礼極まりないよ」

　窘めたのは、それまで部屋の隅に地蔵のように座して、完全に存在感を消していた阿波だ。

「だって！　他の仲居の子たちが、常盤様が想い人を連れてきたなんて噂しているのを聞いたら、居ても立っても居られなかったんですっ」

　稲女と呼ばれた美女は、情熱的な深紅のオーラをまとっていた。

（激情家の人に多い色だ……）

　その紗和の予想通り、稲女は扉のそばに立っていた小牧を押し退けて部屋の中に入ってくると、座卓にバンッ！　と両手をついた。

「こんな、常盤様のことも覚えていないような女と結婚だなんて！　常盤様が幸せになれません！」

　叫んだ稲女は、ふたたび紗和のことを鋭く睨んだ。

「稲女が心配してくれるのは有り難いが、俺は紗和と同じ空間にいられるだけで幸せだ」

「気のせいですっ！　それに、この女だっていきなり結婚とか言われても、受け入れられるはずがないですよっ。ねっ、そうよね、あんた⁉」

　ゼロ距離で美女に詰め寄られた紗和は、

「それは――たしかに、仰る通りです」

　と、たじろぎながらも稲女の意見に同意した。

「結婚後に愛を育めばいい。紗和、とりあえず結婚だけ先にしてしまおう」

　しかし、開き直った常盤はめげない。さすが、ストーカー歴十七年のベテランなだけはある。

「俺は生涯、紗和だけを愛し抜くと誓うよ」

「常盤様。一方的な求婚は重すぎます」

「なんだよ小牧！　小牧は俺の右腕なんだから、俺の味方のはずだろ⁉」

「常盤しゃまっ。僕は常盤しゃまの味方でしゅ！」

「アタシは絶対に反対ですっ！」

（なんだかカオスな状況になってきたよ……）

　いよいよ本格的に揉め始めた面々を前に、紗和はひとり、気後れした。

　どうしてこんなことになってしまったのか。

（常盤さんが悪い人ではないってことは、なんとなく伝わってきているけれど。でも

やっぱり、人とあやかしが結婚だなんて）

　ファンタジーにもほどがある。

「皆さん、少し落ち着きなされ」

　と、そのとき。阿波が手を叩いて、パンッ！　という乾いた音を部屋の中に響かせた。

　ピタリと動きを止めた面々は、冷静な阿波へと一斉に目を向けた。

「そもそも、だ。常盤様の奥方になるということは、吾妻亭の女将になるということだよ。紗和さん――いいや、紗和にその覚悟はあるのかい？」

　阿波が問いかけた相手は紗和だった。

　紗和は一瞬面食らったあと、目を左右に泳がせた。

「覚悟は……。すみません、ハッキリ言ってないです」

「ええ、そうだろうね。それが普通だから、紗和は自分を責める必要はないよ」

　阿波の返事を聞いた紗和はホッと胸を撫でおろした。

　ようやく話が通じる相手が現れたかもしれない。

「吾妻亭の主人たるもの、覚悟のない相手、それも人との結婚は――」

「阿波、ちょっと待った」

　しかし、ここでも諦めない常盤が話を遮った。

「紗和は今、仕事を失った上に住む家までなくして路頭に迷っているんだ。俺はそんな紗和を、放っておくことはできない」

「え？ なんで私が無職で家なしなのを知ってるんですか？」

と、紗和は尋ねてから、すぐに愚問だと気づいて式神に目を向けた。

式神は紗和に見つめられて、なぜか照れくさそうに「エヘヘ」と頬を染めて笑っている。

（……なんだか、考えることに疲れてきちゃったな）

思わず紗和の口からため息がこぼれた。

そもそも紗和が無職の家なしでなければ、今のこの状況になることもなかった。

「あの……。私のことは、心配してくださらなくても大丈夫です」

膝の上で拳を握りしめた紗和は、まつ毛を伏せてつぶやいた。

「たしかに私は今、無職の家なしですけど。もう成人した大人なので、自力でどうにでもできますし」

もともとそのつもりで、鎌倉の実家に一時避難したのだ。

まさか空き巣に入られて、危殆に瀕するとは思ってもみなかったけれど。

あの空き巣も警察に引き渡されたとのことだし、一件落着と言ってもいいだろう。

「だから、同情していただかなくても大丈夫です」

伏せていた目を上げた紗和は、そう言うと常盤を見て乾いた笑みを浮かべた。

ところが、紗和の言葉を聞いた常盤は、初めて紗和を見て難しい顔をした。

「同情などではない。先も言った通り、俺が紗和と一緒にいたいから、その気持ちをありのままに伝えているだけだ」

力強い声と眼差しに、紗和は怯んだ。

「愛おしいと思う相手と一緒にいたい。触れたいと思ったときに触れられる距離にいてほしい。……なんて、こんなことを言ったら紗和は、鼻白むかもしれないが」

そこまで言うと常盤は、ほんのりと耳を赤く染めながら、拗ねた子供のように紗和から顔を背けた。

「俺は、もう二度と紗和をひとりにしたくない。いや……違うな。俺が紗和のそばにいたいんだ」

続けられた言葉には後悔と決意が滲んでいるように思えて、紗和の心は大きく揺れ動いた。

(私をひとりにしたくないって……そっか。彼は、私の両親が事故で亡くなったことも知ってるんだ)

実のところ、紗和は両親が事故に遭い亡くなった前後の記憶が曖昧だった。

それについて、紗和は十八歳のときに叔母の静子に相談をしたことがある。

『お父さんとお母さんが亡くなったときのことをあまりよく思い出せないって、普通に最低だよね』

紗和の話を聞いた静子は、

『そんなことないわよ。あなたはまだ五歳だったし、当時のことを覚えていなくても不思議ではないわ』

『なにより自己防衛のひとつとして、無意識のうちにつらい記憶を思い出せないようになっているのかも』

そう言って、紗和の荒んだ心を宥めてくれた。

(でも、そんな曖昧な記憶の中で、唯一ハッキリと覚えていることがある)

──私は、ひとりぼっちになっちゃったんだ。

両親の死を知ったときに、頭の中で何度も繰り返された言葉。

もちろんその後、静子に引き取られて孤独ではなくなったが、〝ひとりぼっち〟という感覚だけはトラウマのように紗和の胸に残り続けていた。

『俺は、もう二度と紗和をひとりにしたくない』

だからこそ、たった今、常盤が口にした言葉が心に響いた。

紗和を見る常盤の目は誠実かつ情熱的で、嘘がない。

(とはいえ、彼と結婚するかと聞かれたら、簡単にイエスとは言えないし)

住む世界が違う、人とあやかしの結婚。

その上、今の紗和には先ほど阿波に問われた通り、〝常盤の妻として吾妻亭の女将になる〟覚悟はなかった。

「それでは、お試し期間を設けてはいかがですか？」

沈黙を破って口を開いたのは小牧だ。

常盤と紗和だけでなく、阿波と稲女と式神も、小牧へと目を向けた。

「紗和さんは〝とりあえずのお試し〟で、吾妻亭で常盤様の仮花嫁兼仲居として生活されてみてはどうでしょうか」

「常盤さんの、仮花嫁兼仲居として吾妻亭で働く？」

「はい。働いていただけるのなら、もちろんお給料もお支払いいたします」

そう言った小牧は手品のように、ポンッ！　と電卓を手に出した。

「月給は大体、こんなものでいかがでしょうか？」

「えっ⁉　こんなにいただけるんですか⁉」

紗和が小牧に提示された金額は、新卒の平均的な初任給よりも高額だった。

（私が働く予定だった会社よりもお給料はいい……！）

「吾妻亭は従業員用に住居もご用意しておりますので、住むところにも困りません」

さらに、家賃的なものも一切かからないらしい。

思ってもみない好待遇に、紗和は瞳を輝かせた。

「でも私、接客業は未経験なのですが大丈夫でしょうか？」

「吾妻亭で働くものたちは皆、最初は未経験からスタートしておりますよ」

小牧からの提案は、無職の家なしで途方に暮れていた紗和にとって棚からぼたもちのようなものだった。

しかし、どうしても〝常盤との結婚の約束〟が引っかかる。

そんな紗和の思いを察したらしい小牧は、言いづらそうに表情を曇(くも)らせたあと、ふたたび静かに口を開いた。

「このようなことを申し上げるのは、非常に心苦しいのですが。仮に、紗和さんが誘いを断ってここを出ていったとしても、常盤様は紗和さんのことを諦めませんよ」

「え？」

「紗和さんも、これまでのやり取りでお気づきになられたでしょう。紗和さんが今、どんな選択をしたとしても、このままだと一生涯にわたって常盤様にストーキングされ続けるかと」

〝紗和さんが思っている以上に、常盤様の紗和さんへの想いは超重量級です〟

そう言葉を続けた小牧は、短い息をついた。

小牧の言葉を聞いた紗和がチラリと常盤を見ると、常盤は紗和と目が合ったことが嬉しいようでニコニコしている。

「ですから、紗和さんもいっそのこと開き直り、吾妻亭で仮花嫁兼仲居をしながら、常盤様と結婚できるかどうかを見極められるのが最善策ではないか、と自分は考えます」

「でも、見極めるっていつまでにですか？」

「そうですね。お試し期間は一年もあれば十分でしょう」

つまりこういうことだ。

吾妻亭で仮花嫁兼仲居として働きながら、常盤について知っていく。

お給料も支払ってもらえるし、住むところにも困らない。

お試し期間は一年。

そこまでしても、常盤とは結婚できない、自分には吾妻亭の女将(おかみ)は務まらないと思うのなら、そのときは綺麗さっぱり常盤とも吾妻亭とも縁を切り、元の世界で生きていけばいい。

(こんな話に乗っかったら、常識的な人たちには笑われるかもしれないけど)

チョロすぎる。そんなんだから、倒産した会社の社長に文句のひとつも言えないし、シェアハウスも一方的に追い出される羽目になったんだ、と言われるかもしれない。

それでも小牧の提案が、紗和にも最善策のように感じられた。

「……わかりました。私でよろしければ、どうか吾妻亭で働かせてください」

そう言うと紗和は背筋を伸ばして、小牧を見つめた。

紗和の強い眼差しを目にした小牧は、一度だけ小さく頷いたあと、吾妻亭の主人である常盤に目を向けた。

「と、いうわけです。常盤様も、それでよろしいですね？」

小牧の問いに、常盤は座卓に頬杖をつきながら口端を上げた。

「ああ。つまり俺は一年以内に、紗和を振り向かせればいいわけだ」

紅く濡れた瞳が紗和を見つめる。

一瞬ドキリとした紗和は身構え、思わず膝の上でぎゅっと拳を握りしめた。

「よ、よろしくお願いします」

座ったままで頭を下げたあと、紗和はゆっくりと顔を上げる。

ふたたび紗和と目が合った常盤は、紗和を見つめたままとても柔らかな笑みを浮かべた。

三泊目　初仕事と双子の子狸

「これで大丈夫……かな」

吾妻亭の朝は早い。

鎌倉に住む鶯（うぐいす）の鳴き声が、スマホのアラームより先に、夜が明けたことを知らせてくれた。

常盤の仮花嫁兼仲居として働くことを決めた翌々日。撫子（なでしこ）色の仲居着に袖を通した紗和は、姿見に映る自分を見てため息をついた。

まさか、こんなことになるなんて。

月並みかもしれないが、それ以上にしっくりくる言葉が思い浮かばない。

紗和が着ている仲居着は、昨日、仲居頭である阿波から吾妻亭や仕事について、ひと通りの説明を受けたあとに渡されたものだ。

サイズはピッタリ。今の紗和はどこからどう見ても旅館で働く仲居にしか見えない。

(私、今日から本当に吾妻亭で働くんだなぁ)

小豆（あずき）色の腰巻エプロンの紐を結んで顔を上げたら、今になって実感が湧いてきた。

紗和が吾妻亭ですることは一般的な仲居の仕事と変わりないが、関わる相手は〝人〟ではなく〝あやかし〟だ。

正直なところ、やっていけるのか不安しかなかった。

(もちろん、やると決めた以上、精いっぱいやろうとは思っているけど……)

――コンコン。

紗和が鏡の前で唸(うな)っていたら、部屋の扉がノックされた。

ちなみに、紗和がいるのは吾妻亭内に用意された十畳ほどの居室だ。

本来であれば敷地内の奥にある専用の住居棟に住む予定が、現在は空きがなく、仮として今の部屋を与えられた。

「紗和、ちょっといいかな?」

扉の向こうから聞こえたのは、常盤の声だった。

「は、はい、どうされましたか?」

紗和があわてて扉を開くと、そこには今日も着流しを身にまとった見目麗しい常盤が立っていた。

「仕事前の忙しいときに申し訳ない。ちょっと紗和に、話したいことがあって――」

と、そこまで言いかけた常盤は、形のいい目を大きく見開き黙り込んだ。

「あ、あの、どうされましたか?」

不思議に思った紗和が首を傾げると、ハッと我に返った常盤が自身の心臓のあたりを押さえて後ずさる。

「いや……撫子色が紗和によく似合っていたので見とれてしまった。美しいというのは罪だな」

常盤の表情と声は、ウエディングドレス姿の新婦を前にした新郎さながらに甘い。

これには紗和も面食らって、頬を赤く染めかけたが――

「さ、さすがにそれは言いすぎです！」

すぐに現実を思い返して青褪めた。

「自慢じゃないですけど、自分が平凡顔だって、ちゃんと自覚してますから」

紗和は全力で常盤の言葉を否定した。

すると常盤は、腑に落ちないという顔をして首をひねった。

「紗和が平凡？　むしろ、紗和より美しいものを見つけるほうが難しいだろう」

（眼科受診を勧めたい！）

さも当然のように言ってのけた常盤を前に、紗和は心の中で頭を抱えた。

やはり常盤は変わり者だ。

さすが、初恋の相手を十七年間ストーキングしてきた男なだけある。

その変態ぶり――いや、愛の重さと一途さは伊達じゃない。

「って、その相手が私なんだよね……」

「ん？　紗和、今なんと？」

「い、いえっ。なんでもありません！」

思ったことを口に出していた紗和は、あわてて首を横に振った。

そしてあらためて、常盤の綺麗な顔をジッと見つめる。

紗和には吾妻亭で働きながら、常盤からのプロポーズの返事を考えるという使命がある。

（好意を抱いてもらえるのは、すごく有り難いことなんだけど）

常盤は十七年前に紗和と出会って恋に落ち、それから一途に紗和を想い続けてきた――らしい。

紗和はさっぱり覚えていないのだが、ふたりは子供のころに結婚の約束もしており、常盤は今現在も紗和を妻にする気満々だった。

しかし、紗和の想いは複雑だ。

紗和からすれば、一昨日初めて会った男、それも人ではなくあやかしに〝お前のことが好きだ。結婚しよう〟と言われたわけで、簡単に受け入れられることではない。

（そもそも私は二十二年間、彼氏すらできたことがないのに）

結婚話など、青天の霹靂だった。

「紗和、どうした？」

考え込む紗和の顔を、常盤が覗き込んだ。

我に返った紗和は、「なんでもないです」と答えてまたあわてて首を横に振った。

「そ、それより、常盤さんのほうこそ、なにか話したいことがあってきたのでは？」

紗和が本題に触れると、常盤は「そうだった」とつぶやいてから、パチン！　と指を鳴らした。

「わっ！」

次の瞬間、見覚えのある白い光が現れ、紗和の目の前で弾けた。

「常盤しゃまっ、お呼びでしゅか⁉」

光が消えて姿を見せたのは、例の式神だった。

今日も頭には一本の短い角と、腰にはふわふわの尻尾を生やしている。

「話というのは、この式神のことだ」

「式神くんのこと、ですか？」

「ああ。紗和の返事次第ではあるが、この式神を、今日から正式に紗和の側仕えにしようと思うのだが、どうだろう」

「「えっ⁉」」

紗和と式神の声が重なった。

顔を見合わせたふたりは、互いに言葉を失くして目を丸くする。

「慣れない地で、馴染みのないあやかし相手に仕事をしながら生活するんだ。当然、紗和の不安と負担は大きなものに違いない」

コホンと咳払いをした常盤は、紗和を見て困ったようにほほ笑んだ。

「だから、少しでも紗和の助けになることをと、俺なりに考えてみたんだ。この式神は、きっと紗和の役に立つだろう。紗和も式神のことを〝可愛い〟と言っていたし、側仕えにもってこいかと思ったのだが……」

〝要らぬ気遣いであったら、遠慮なく断ってくれて構わない〟と、常盤は言葉を続けた。

常盤は常盤なりに、新天地で暮らすことを決めた紗和を心配しているようだ。

紗和が吾妻亭で常盤の仮花嫁兼仲居として働こうと決めた理由は、打算によるものが大きい。

無職の家なしでいるくらいなら、住み込みであやかし専門の宿で働いたほうがマシ。常盤と結婚するかどうかは二の次で、今の今まで真摯に受け止めてはいなかった。

（でも……常盤さんは、真剣なんだ）

本気で紗和を想い、大切にしようとしてくれている。

プロポーズも、紗和に対する気持ちも冗談ではない。

常盤の想いの深さに触れた紗和は、打算的で身勝手な自分を心の中で戒めた。

「……ありがとうございます。嬉しいです」

そう言うと紗和は、常盤の紅い瞳を真っすぐに見つめた。

「常盤さんの言う通り、ここで働いていけるのかどうか、本当はすごく不安だったから」

自分もきちんと、常盤と向き合わなければいけない。

一年間、吾妻亭で働きながら、常盤のことを少しずつ知っていこう。

そして、しっかりと考えた上で、プロポーズの返事をしなければいけない――

人知れず決意した紗和は、そっと目を伏せ、自身の胸に手をあてた。

「式神くんは十七年間、私のそばにいてくれたんですよね」

紗和の問いに、常盤がやや気まずそうに頷く。

「ふふっ。もちろん、それについて思うところはありますけど。でも、私にとって白い光――式神くんが十七年間、お守りみたいな存在だったのは事実です。だから、これからも私のそばにいてくれるなら、すごく心強いです」

紗和は視線を上げると常盤を見つめ、花が咲いたようにほほ笑んだ。

対する常盤は唇を引き結んで、その笑顔に見とれてしまった。

再会してから初めて向けられた、愛する人の心の底からの笑顔だ。

胸が震える。常盤は身体の奥からあふれてくる激情を理性で押し込め、拳を強く握りしめた。

「常盤さん？　どうしたんですか？」

「いや……」

熱くなった顔を隠すように、常盤は手の甲を口元にあてた。

紗和に思うところがあるのは当然だ。十七年間、自分の行動を監視されていたなど恐ろしい話なのだから。

本当なら常盤は、存在ごと拒絶されてもおかしくなかった。

ところが、紗和は常盤を責めるどころか、〝ありがとう〟と言って許してくれた。

「……俺のほうこそ、ありがとう」

「え？」

「紗和に喜んでもらえたのならよかった。では提案した通り、今日からこの式神を紗和の側仕えとしよう」

右手を紗和に向けて開いた常盤は、呪文のようなものを静かに唱えた。

すると、常盤の右手の小指から白く光る糸が現れ、その光の糸の先が、紗和の右の小指に絡まった。

「これで、この式神は今日から紗和のものだ」

常盤がそう言った直後、常盤と紗和を繋いだ光の糸が消えた。

「式神(しきがみ)よ。今日からお前の主人は、俺ではなく紗和だ。これからは主人である紗和の命(めい)で動き、助けになってやってくれ」

常盤に言いつけられた式神(しきがみ)は、ふよふよと宙に浮いたままキョトンとして首を傾げた。

「もう、紗和しゃまに見つからないように隠れなくてもいいんでしゅか？」

「ああ。堂々としていていい。これまでご苦労だったな」

常盤の手が、戸惑う式神(しきがみ)の頭を優しく撫でた。

意味を理解したらしい式神(しきがみ)は、もともと大きな目をさらに大きく見開いて、

「わかりましたでしゅ！」

と元気よく答えたあと、とても可愛らしい笑みを浮かべた。

「僕、ずっと紗和しゃまとお話ししたいなぁって思っていたので、すごくすご～く嬉しいでしゅ！」

「う……っ」

式神(しきがみ)の愛らしさに心臓を鷲掴(わしづか)みにされた紗和は、思わず胸を押さえて身もだえた。

(もしかして、これからはあのフワフワの尻尾(しっぽ)も触り放題……？)

邪(よこしま)な考えが脳裏(のうり)をよぎる。

対する式神は、相変わらずニコニコと笑っていた。

「ちなみに紗和が式神を呼び出す際には、心の中か、声に出して呼ぶだけだ」

用がないときには、基本的に式神は姿を消しているということだ。

「なるほど、わかりました」

「これからは、紗和が呼びたいときに呼ぶといい」

常盤の言葉に紗和は頷いたが、ふとある疑問が脳裏をよぎった。

「呼ぶ……と言えば、式神くんには名前とかないんでしょうか？」

「式神に名前？」

「はい。だって、〝式神〟って総称みたいなものですよね？　これからも私のそばにいてくれるなら、きちんと名前で呼びたいなぁと思って」

紗和の言葉を聞いた式神と常盤は、ポカンとして固まった。

（もしかして、余計なことを言っちゃった？）

と、紗和は一瞬不安になったが、

「……やはり、紗和は紗和だな」

「え？」

「いや……。紗和の言う通り〝名〟は大事だ。俺もつけてやるべきだと思う」

そう言った常盤の表情は、これまで見た中でも一番穏やかで優しいものだった。

思わずドキリとした紗和は、胸の前でギュッと手を握りしめた。

「それで、紗和はどんな名をつけるつもりなんだ？」

動揺を悟られないように視線をそらした紗和は、あらためて式神に目を向けた。

「そう……ですね。あ……じゃあ、〝小栗〟とかはどうでしょうか？」

「小栗？」

「はい。小さくて、目がクリクリしていて可愛いから小栗……って、安直すぎますかね」

紗和が困ったように笑うと、式神改め小栗はキラキラと瞳を輝かせた。

「僕、小栗がいいでしゅ！　紗和しゃまがつけてくださった名前、僕は気に入りましたでしゅ！」

空中でピョコピョコと跳ねる小栗のまとう色は、周囲を明るく照らすタンポポの色だった。

素直で元気。見ているだけでポカポカと心が温かくなるような色だ。

「気に入ってもらえたみたいでよかった。小栗くん、これからどうぞよろしくね」

「ありがとうございましゅ！　こちらこそ、どうぞよろしくお願いしましゅでしゅ！」

ふわふわの尻尾を揺らした小栗は、紗和の胸に飛び込んだ。

年の離れた弟ができたようだ。紗和は小さな身体を慈しむように抱きしめた。

「……複雑だな」

と、ほのぼのとしたやり取りに口を挟んだのは常盤だ。

紗和が常盤を見ると、常盤はあからさまに不満を顔に浮かべていた。

「俺も紗和に抱きしめられた――……いや、どちらかというと抱きしめたいな」

「え？」

「式神（しきがみ）――もとい小栗がいいなら、俺もいいだろう？」

思ってもみない要求に、紗和は今度こそ頬を赤く染めてたじろいだ。

対する常盤は不敵な笑みをたたえ、両手を広げてスタンバイしている。

この腕に飛び込めという圧がすごい。

「ん。紗和、おいで」

（お、おいでって言われても！）

常盤から放たれる、壮絶な色気に紗和はめまいを起こしそうになった。

どう応えたらいいのかわからず、紗和は小栗を抱きかかえたまま真っ赤な顔で固まってしまった。

すると……

「常盤様、そろそろ会合のお時間です」

突然、落ち着いた声が割って入り、場の空気が変わった。

振り向くと、今日もスマートな身なりの小牧が、常盤の甘さをかき消す涼しい表情で佇んでいた。

「出発のご準備をお願いいたします」

「ハァ。もうそんな時間か。あともう少しだけ、いいだろう」

「ダメです。本日の会合相手であられる鎌倉あやかし対策委員会の皆様は、とても時間に厳しいので。話し合いを円滑に進めるためにも早めに向かわれるべきです」

小牧の冷静沈着な物言いに、常盤はガックリと項垂（うなだ）れた。

そして広げていた両手をおろすと、ため息をこぼす。

対する紗和は、どうにか貞操の危機（?）を免れ、ホッと胸を撫でおろした。

「紗和。名残惜（なごりお）しいが、そういうことなので行ってくる。紗和の初仕事の成功を祈っているよ」

「あ、ありがとうございます。……いってらっしゃい」

未だに顔を赤く染めたまま、小栗を抱きかかえた紗和がそう言うと、

「う……っ！」

なぜか常盤は胸を押さえてよろけ、うめき声をもらした。

「紗和の〝いってらっしゃい〟は、俺には破壊力が強すぎる……」

「もう、そういったことは結構ですから。では、紗和さん、失礼いたします」

結局常盤は、小牧に連行される形で部屋を出ていった。

「紗和しゃまっ。では、僕も一旦、消えましゅね！　なにかあれば、いつでもお呼びくだしゃいませっ」

「あ……。う、うん。小栗くん、ありがとう」

抱えていた手を離すと、小栗はポンッ！　という軽快な音とともに消えた。

一気に静けさに包まれた部屋の中では、紗和の高鳴る胸の鼓動音だけが響いている。

（はぁ～。もう、なんなんだろう）

紗和は思わず、熱くなった両頬に手を添えた。

今朝、起きたときには不安でいっぱいだった胸が、今は締め付けられるような甘い痛みに襲われている。

紗和がひとりで悶々としていたら、

「紗和、支度はできたかい？」

今度は女性のハスキーな声が耳に届いた。

我に返った紗和が声のしたほうに目を向けると、そこには仲居頭である阿波と、紗和の教育係に任命された稲女が立っていた。

「そろそろ仕事を始める時間だから、呼びに来たのだが……」

「す、すみませんっ。ついさっき支度が終わったところで、これからおふたりのもとを訪ねようと思っておりました！」

あわてて背筋を伸ばした紗和は、ふたりに向かって深々と頭を下げた。

心に張り付いた甘さは一瞬で消し飛び、身体には緊張が走る。

「私が出向くべきでしたのに、ご足労おかけして申し訳ありません！」

「はぁ～～。ほんっと、それ。新人なんだから、そっちからアタシたちのところに来るべきよねぇ～」

紗和に聞こえるように不平を述べたのは稲女だった。

稲女は今日も迫力のある美女っぷりを遺憾なく発揮している。

「あんた、本当にやる気あるわけ？　こっちも暇じゃないんだから、勘弁してほしいわ」

叱責された紗和は、なにも言えずに俯いて肩を落とした。

「ほ、本当にすみませんでした」

「えー。そこで小さくなられたら、こっちが悪者みたいになっちゃうじゃない～」

「稲女、いい加減にしな。高圧的な物言いをすれば、紗和が萎縮するのは当然だろう」

見兼ねた阿波がピシャリと戒めた。

しかし稲女はどこ吹く風で、鼻を鳴らしてそっぽを向く。

「ハァ、まったくしょうがないね。紗和、稲女はこんなふうだけど、仲居としては優秀だ。だから昨日も説明した通り、今日から稲女が紗和の教育係になる。不安もあるとは思うが、仕事に慣れるまでは稲女を頼りなさい」

「は、はい」

「稲女も、上に立つものとして、しっかりと紗和のフォローをするんだよ」

「は〜〜い。わかりましたぁ」

あきらかに気乗りしない返事だった。

阿波はやや心配そうにしていたが、やらなければならない仕事があるからと、ひと足先に部屋を出ていった。

残された紗和と稲女の間には微妙な空気が流れる。

チラリと稲女を見た紗和は、あらためて稲女がまとう色を確認した。

(やっぱり、燃えるような深紅だ……)

実のところ、紗和は〝深紅〟をまとう人が昔から苦手だった。

(学校だとクラスの中心にいるような子がまとう色だし、華やかな人に似合う色ってイメージだから、どうしても気後れしちゃうんだよね)

自分とは別世界に住む人たちがまとう色。

紗和はそう思って、これまで深紅をまとう人との関わりを避けてきた。

だけど、稲女は紗和の上司なので、今回ばかりは避けたくても避けられない。

（っていうか、これからお世話になるんだし。私からちゃんと挨拶しなきゃダメだよね！）

「あ、あのっ。稲女さん、これから、どうぞよろしくお願いします」

紗和は勇気を振り絞ってそう言うと、稲女に深々と頭を下げた。

「フフッ、こちらこそ、これからよろしくね？」

対する稲女は予想外にも好意的に応え、紗和に優しくほほ笑み返してくれた。

紗和は反射的にホッとして息をついたが、冷静になってみると美しすぎるその笑顔は恐ろしくも感じられる。

（さっきまで好戦的だったのに、急に優しくなるのは変、だよね？）

「さて、それじゃあ早速、今日、アタシたちが担当するお客様について説明するわよ」

腕を組み、話し始めた稲女を前に、紗和は内心、身構えた。

「今日、アタシたちが担当するお客様は、常連の〝化け狸一家〟よ。あんたは、子供たちの相手をしてちょうだい」

「ば、化け狸一家の子供たちのおもてなしをするってことですか？」

「ええ、そうよ。化け狸一家は、父、母、男女の双子っていう四人家族なの。常連さんだし、子供たちはと〜っても大人しくていい子だから、初仕事にはもってこいの相手よ？」

そこまで言うと稲女は、目を三日月のように細めて笑った。

紗和はまた一抹の不安を覚えたが、それよりも今は稲女に言われたお客様のほうが気になる。

化け狸一家の、双子の子供たち。

相手はあやかしなので不安はあるが……

(子供たちの接客なら、なんとかなるかも？)

顎(あご)に手を添えて考え込んだ紗和の気持ちは、少しだけ軽くなった。

「フフッ。初仕事、どうなるか楽しみねぇ」

仲居着の裾を翻(ひるがえ)した稲女が妖(あや)しく嗤(わら)う。

先に部屋を出た稲女の背中を、紗和はあわてて追いかけた。

＊＊＊

「今回も、よろしく頼むよ」

鎌倉の町が茜色に染まるころ、化け狸一家が吾妻亭に到着した。

「ようこそいらっしゃいました。本日、お世話をさせていただきます稲女と、こちらは紗和と申します」

紗和に厳しく当たっていたのが嘘のように、上品かつしおらしい態度でそう言ったのは稲女だ。

「やぁ、ありがとう。相変わらず、キミはとびきりの美人だなぁ」

「ほほほ、嫌ですわ旦那様。奥様のお美しさに比べたら、私など足元にも及びません」

稲女の返答に、化け狸の夫婦はまんざらでもない様子でほほ笑んでいる。

（稲女さん、私に怒っていたときとはまるで別人だ……）

さすが、仲居頭の阿波が優秀と言うだけのことはある。紗和は稲女の接客態度を見て感心した。

「ややっ、珍しいな。キミは人だね？」

と、化け狸の主人が紗和を見るなり目を丸くした。

「あら、本当だわ。吾妻亭に人の仲居さんだなんて、不思議ですねぇ」

続けて化け狸の妻も物珍しそうに紗和を見る。

「あ、あの、私は――」

思いがけず声をかけられた紗和は、なんと応えていいのかわからず狼狽（ろうばい）した。

常盤の仮花嫁兼仲居として働くことになりました、と伝えてもいいのだろうか。

紗和が言葉に詰まっていると、

「実は彼女は今日が初仕事なんです。粗相することもあるかと思いますが、どうか温かい目で見ていただけたら嬉しいです」

そばにいた稲女がすかさずフォローした。

「ほほう、私たちが初仕事か。それは光栄だね」

「大変恐縮ではありますけれど、どうか、お優しいおふたりの胸をお貸しくださいませ」

ニッコリとほほ笑んだ稲女を前に、化け狸の夫婦はまたまんざらでもない様子で笑った。

「もちろん、私たちでよければ力になりますよ」

「そうねぇ。吾妻亭さんには、いつもお世話になっておりますもの」

応えた化け狸の夫婦は揃って、穏やかで寛容な薄橙色をまとっていた。

紗和にはなじみ深い色だ。緊張で強張っていた身体から、少しだけ力が抜けた。

「それではお部屋までご案内いたしますね」

すっかり気をよくした様子の化け狸夫婦から、稲女が荷物を受け取った。

化け狸夫婦は、非常にセレブリティな装いをしている。

主人は大きなお腹が立派で、妻はいかにもマダムといった雰囲気だ。黒く縁取られた目の周りと頭に生えている狸の耳を除けば、ほぼ〝人間〟にしか見えない容姿。

（吾妻亭で働く人たちもそうだけど、見た目はほとんど人間と変わらないんだよね）

紗和はその理由について昨日、小牧から説明を受けていた。

『結局、人型が一番便利で動きやすいのですよ。とはいえ、中には人型を嫌うあやかしもおりますし、姿形については人それぞれ、もとい、あやかしそれぞれですね』

実際、紗和が子供のころから目にしてきたあやかしもいろいろだった。

どこからどう視ても人にしか視えないあやかしもいれば、常盤や小牧、そして化け狸夫婦のように一部だけあやかし感が残っているもの。見た目も雰囲気も完全にあやかしなあやかし——と、まさにそれぞれだった。

（それで言うと、阿波さんと稲女さんはなんのあやかしなのかすらわからない、完全なる人型だよね）

そう紗和が考えを巡らせていたら、

「きな子っ。吾妻亭、やっと着いたな！」

「ずん太兄ぃ、今回もすっごく楽しみだねっ！」

陽気で快活な声が、厳かな空気漂うロビーに響き渡った。

紗和がハッとして声がしたほうへと目を向けると、門の向こうから小さな男の子と女の子が駆けてくるのが見えた。

人でたとえるなら、小学一年生くらいに見える。

ふたりとも頭には化け狸の夫婦と同じ狸の耳が。そして腰からは、ふさふさの狸の尻尾が生えていた。

「ずん太、きな子。また寄り道をしていたのかい？」

「うんっ。だってそこにカマキリがいたから、きな子とふたりで遊んでた！」

「ずん太が見つけたのよ！」

子供らしく答えたふたりは、化け狸の夫婦を見上げて笑った。

（もしかしなくても、この子たちが……）

今日、紗和がおもてなしする相手だ。

化け狸の夫婦の子供で、双子の化け子狸――兄の〝ずん太〟と、妹の〝きな子〟だった。

「あ、あのっ。本日、おふたりのお世話を担当させていただきます、紗和と申します。どうぞよろしくお願いいたします」

先ほどの失敗を挽回しようと、紗和が一歩前に出た。

紗和に声をかけられたずん太ときな子は、紗和を見て満面の笑みを浮かべた。

「「今日は、よろしくお願いしますっ！」」

ふたりがまとうのは、朱に近い橙色だ。活発で自由な人に多く見られがちな色ではあったが、子供らしい色でもあるので、紗和は特に気に留めなかった。

（ご両親もいい人――ううん、いい化け狸みたいだし。この子たちも稲女さんの言う通りいい子そう）

紗和はまた、心の中でホッと息をついた。

「それじゃあ紗和、私はご夫婦をお部屋まで案内してくるわ」

と、夫婦の荷物を持った稲女が紗和に言い添えた。

「あ、それじゃあ私も一緒に――」

「ねぇねぇ。俺らは部屋に行く前に、庭園の池にいる鯉を見に行きたいよ～」

「さーんせい。きな子も先に鯉を見に行きたーい」

紗和が稲女とともに部屋に向かおうとしたところで、子供たちが駄々をこね出した。

とはいえ、大したことのない、子供らしい主張だ。

（旅館やホテルに来たら、いろいろ見て回りたいって思うのは、大人も子供も同じだもんね）

「そういうことみたいだから、私は先に行くわね。あんたは予定通り子供たちを〝おもてなし〟しなさい」

稲女に耳打ちされた紗和は、「わかりました」と答えると、廊下の奥に消える化け狸夫婦と稲女を見送った。

子供たちとロビーに取り残された紗和の胸には、一瞬不安がよぎった。

(大丈夫。相手は子供だもん、落ち着いてやればできるはず)

しかし、自身にそう言い聞かせて、すぐに心を奮い立たせた。

「それでは、ずん太様、きな子様。これから、庭園にご案内いたします」

けれど、紗和がそう言ってふたりを振り返った瞬間。

「よっしゃ！　やっと俺らの時間キター！」

「パパとママ、イマドキの映えスポットとか知らないし、マジでなし寄りのなしって感じだもんね～」

なんて、耳を疑いたくなるような言葉が聞こえた。

「あ、あの……？」

見間違いというか、聞き間違いだろうか。

つい固まってしまった紗和の視線に気づいたずん太ときな子は、紗和を見てウザったそうな顔をした。

「なに？　っていうか、なんでここに人がいんの？」

「それなー。人が相手じゃ、今回は欺(あざむ)くのも超簡単でつまんなそ～」

「あ、欺く？」

紗和はポカンと口を開けてしまった。

夢でも見ているのだろうか。

とりあえず、ほっぺをつねってみたけど痛い。

「あ、そうだ！　ねぇねぇ、おねーさんさぁ。俺ら、鎌倉の観光案内が見たいから、持ってきてくれない？」

戸惑う紗和に、ずん太がニヤニヤしながら言った。

「鎌倉の観光案内、ですか？」

「そうそう〜。わかったら、早くしてよね〜！」

続いてきな子までそう言うと、早く早くと紗和を急かした。

「わ、わかりました。今すぐ持ってまいりますので、こちらで少々お待ちください」

紗和の本日のミッションは、彼らをおもてなしすること。

言われるがまま回れ右をした紗和は、吾妻亭の帳場に用意してあった観光案内を取りに向かった。

帳場に着くと、仕事をしていた小牧と出くわした。

「紗和さん、そのように急いでどうされたのですか？」

「あ……。す、すみません。今、双子の化け子狸ちゃんたちに頼まれて、鎌倉の観光案内を取りに来たところなんです」

「あの双子が、鎌倉の観光案内を……？」

紗和の言葉を聞いた小牧は、釈然としない様子で眉間にシワを寄せた。

（とにかく、早く持っていかないと）

そう考えた紗和が、鎌倉の観光案内に手を伸ばした瞬間――

「大漁だ～～～！！！！」

突然、庭園のほうから、無邪気にはしゃぐ子供たちの声が聞こえてきた。

「えっ⁉」

顔を見合わせた紗和と小牧は、嫌な予感がして揃って庭園へと急いだ。

「う、嘘……っ」

そうしてふたりが着いたときには、時すでに遅し。庭園は、惨状を呈していた。

美しく手入れされていた庭園は荒れて水浸し。

今朝まで悠々と池を泳いでいた錦鯉（にしきごい）たちは、すべて陸に打ち上がってビチビチと暴れている。

池のそばでは犯人であろうずん太ときな子が、ずぶ濡れになって笑い転げていた。

「な、なんで……。ついさっき、ロビーで待っててって伝えたばかりなのに」

顔面蒼白になった紗和がつぶやいた。

隣に並んだ小牧は右手の腹で眼鏡の縁を持ち上げると、疲れきったようなため息をついた。

「ハァ……。やはり、おかしいと思ったんです」

「え？」

「あの双子は〝大人しく〟、観光案内を見て楽しむような玉ではありませんので」

小牧は呆れ混じりにぼやいた。

そのときだ。紗和たちが来たことに気づいた双子が、ふたたび賑やかな声をあげた。

「うわっ！　見つかった！　逃げるぞ、きな子！」

「キャー！　ちょっと待ってよ、ずん太兄ぃ〜！」

双子は悪びれもせずにそう言うと、庭園からあっという間に姿を消した。

対する紗和は、荒れ果てた庭園とビチビチと陸で暴れる錦鯉たちを前に、青褪めたまま動けなかった。

「今回も結局、こうなってしまいましたか」

「こ、今回も？」

紗和が聞き返すと、小牧は眉間を押さえながら短く息をついた。

「あの双子の化け子狸たちは、うちに泊まりに来るたびに、親の目を盗んで毎回こうしたイタズラの限りを尽くすのですよ」

続けて、

「だから、彼らからは絶対に目を離してはいけないということは、仲居の間でも周知されているはずです。当然、本日担当される紗和さんの耳にも入っていたはずでは？」

そう問われた紗和は、とっさに全力で首を横に振った。

「わ、私はなにも聞いて――」

「ヤダァ！　なによこれ。信じらんないっ！」

紗和が言いかけた言葉は、背後から聞こえた甲高い声に遮（さえぎ）られてしまった。

弾かれたように振り向くと、声の主である稲女がしゃんと背筋を伸ばして立っていた。

「あ～あ。こんなことをするのは、あの双子の子狸たちしかいないわよねぇ」

稲女は荒れ果てた庭園を見て、大袈裟に顔をしかめている。

「い、稲女さん……」

紗和がつぶやくと、稲女の美しい顔が紗和のほうを向いた。

顔色の悪い紗和を見た稲女は、一瞬だけ口端を上げてから近づいてきて、紗和の鼻先を指さした。

「ちょっと、もう～。だからアタシは、あんたに〝何度も〟言ったじゃない」

「え？」

「〝あの双子からは、絶対に目を離しちゃダメよ〟って。〝油断したら大変なことになるからね〟って説明したのに……。もしかして、アタシの話を聞いてなかったの？」

面食らった紗和は、思わず息を呑んだ。

――そんなこと、言われてないし聞いてない。

けれど、さも本当に言ったかのように言われると、こちらに否があると錯覚してしまいそうになる。

「あんた、朝からボーッとしてたもんね。アタシのところになかなか来ないから、心配した阿波さんとアタシがあんたの部屋に出向いたくらいだもの」

さらに真実を織り込まれて言われたら、余計に反論できなくなった。

「小牧さん、本当にすみません。これはこの子の教育係であるアタシのミスだわ。だからお叱りはアタシに。どうか、この子のことは許してやってくださる？」

稲女はそう言うと、小牧に向かって頭を下げた。

対する小牧は難しい顔をしたあと、なにか言いたそうに紗和を見た。

しかし紗和は反射的に、小牧から目をそらしてしまった。

紗和の反応を見た小牧は、悩ましげに息をついた。

「紗和さんは今日が初仕事ですし、ミスをするのは仕方のないことです。とりあえず、ここは今から自分が片付けますので」

「そ、それなら私も、小牧さんと一緒に片付けます！」

「いいえ。紗和さんは、自分がやるべきこと——仲居の仕事に集中してください」

戒（いまし）めるような小牧の言葉に、紗和は唇を噛みしめた。

悔しさと、情けなさと、申し訳なさで胸が痛い。

無職の家なしである自分に救いの手を差し伸べてくれた小牧にまで、迷惑をかけてしまった。

「ほ、本当に申し訳ありませんでした」

小牧と稲女に向かって頭を下げた紗和は、前掛けをギュッと握りしめた。

「フフッ、もういいから顔を上げてちょうだい。ところで——肝心の子供たちは、今どこにいるのかしら？」

「え——？」

稲女の言葉に驚いた紗和は、弾かれたように顔を上げた。

（そういえば、さっきどこかへ逃げていって……）

今ごろ、またどこかで酷いイタズラをしているかもしれない！

また青褪（あおざ）めた紗和の予感が的中したことを知らせるように、パタパタと足音が近づいてきた。

「あんたたち、ここにいたのかい！　今、他のお客様から〝双子の化け子狸たちが吾妻亭から出ていくところを見た〟という報告を受けたよ⁉」

焦った様子で現れ、そう言ったのは阿波だ。

報告を受けた紗和は立ちすくんだまま、絶句した。

「あらあらぁ。本当に大変なことになっちゃったわねぇ。あの双子が外で大問題を起こせば、あんたは一年どころか明日にでも吾妻亭から出ていかなきゃいけなくなるかも」

くすくすと笑ったのは稲女だ。

稲女はまた目を三日月のように細めると、硬直している紗和の耳元に唇を寄せた。

「あの双子だって、どうなることやら。鎌倉現世では、あやかしが人に危害を加えるのはご法度とされているから、本当に大変なことになるかもねぇ？」

耳打ちされた紗和は、以前、小栗が常盤に言った言葉を思い出した。

『あやかしが人に危害を加えるのはご法度でしゅ！　罪人として鎌倉幽世に連れ戻されて、幽閉されることになってもいいんでしゅか⁉』

人に危害を加えたあやかしは、罪人として幽閉される――

「これは少し、面倒なことになりましたね」

ため息まじりにつぶやいたのは小牧だ。

それを聞いた紗和は顔を上げると、

「私……捜してきます」

「え？」

「私、あのふたりを捜しに行ってきます！」

そう言って、考えるより先に走り出した。

「紗和さん――……！」

小牧の焦ったような声が背後から聞こえる。

それでも紗和は止まることなく、ひとりで吾妻亭を飛び出した。

「ふたりとも、どこに行っちゃったんだろう」

時刻は夜のとばりが落ちる少し前。

吾妻亭を出た紗和が向かったのは、行楽客で賑わう小町通り（こまちどお）だった。

（とりあえず、鎌倉といえばって思って来てみたけど）

人であふれる商店街に、双子の化け子狸の姿は見当たらなかった。

人混みをかき分けながら小さな子供たちを捜すのは至難の業だ。そもそも、ふたりが小町通りにいる保証はない。

（もしかして、別のところに行ってるのかな）

いっそのこと、ドローンのように空を飛んで上から捜せたら、捜索も少しは楽になるかもしれないけれど――

「あ……。そ、そうだ！」

そのとき、紗和は〝あること〟を閃いた。

すぐさま胸に手を当てると、たった今頭に浮かんだ〝ある名前〟を心の中で数回呼んだ。

「紗和しゃま、お呼びでしゅかっ⁉」

次の瞬間、ポンッ！ という小気味よい音とともに現れたのは、紗和の側仕えとなった小栗だった。

小栗は紗和に呼ばれたことが嬉しい様子で、ふよふよと宙に浮きながら優雅に一回転してみせた。

「小栗くん、突然呼び出しちゃってごめんね！ 実は今、ちょっと困ったことが起きていて――……」

紗和は息つく間もなく、ひと通りの事情を小栗に話した。

すると小栗は、またくるんと一回転したあと短い腕を胸の前で組み、ふわふわの尻尾を揺らしながら小さく唸った。

「むむむ……。僕がお昼寝している間に、そんな大事件が起きていたのでしゅね！ でも、もう大丈夫でしゅ！ 僕も一緒に、双子を捜しましゅよ！」

小栗はそう言うと、可愛らしく敬礼ポーズをしてみせた。

「ありがとう、小栗くん。それじゃあ……小栗くんは、空からふたりを捜してくれるかな?」

「アイアイサーでしゅっ！」

元気よく返事をした小栗は、紗和の狙い通りに小町通りを行き交う人々の頭上を飛んでいった。

(これで、多少は捜索範囲が拡がるはず)

とにもかくにも、自分も双子捜しを続けよう。

しかし、そう考えた紗和が、ふたたび前を向いて歩き始めた瞬間……

「うわっ、なんだこれ⁉」

商店街の十数メートル先から、男の人の悲鳴が聞こえてきた。

すると、それが合図だったかのように、次から次へと周囲の店から似たような困惑の声があがり始めた。

「おいっ、さっき受け取った金が、突然葉っぱに変わったぞ！」

「うわ、うちもだ！　なんだよ、これ！」

「全部葉っぱに変わってる！」

声をあげたのは、小町通りで商いをしている人々のようだ。

　まさか、と考えた紗和は声がした店の近くに駆けつけると、注意深くあたりを見回した。

「あ……っ！」

　そのとき、曲がり角のところで「イヒヒ」と笑いながら団子を頬張っている子狸を発見した。

　双子の兄のずん太だ。

　紗和はとっさに、

「見つけた‼」

　と、叫んでしまった。

「ん？　ゲッ⁉　やべー、見つかった！」

　声に気づいたずん太が、反対方向へと走り出す。

「ま、待って！」

　紗和はあわてて追いかけたが、まるで追いつけそうにない。

『俺たちあやかしは、〝視(み)えない人〟にも視(み)えるように、化けられるんだ』

　ふと、以前、常盤に言われた言葉が紗和の脳裏(のうり)をよぎった。

　今のずん太には、狸の耳も尻尾(しっぽ)もなく、完全なる人型に化けているようだ。

　それでもずん太の逃げ足は人並外れていて、みるみるうちに離されていく。

「お、お願いだから、待って！」

「へへーん。俺が人に捕まえられるわけないだろー」

もたついている紗和を振り返ったずん太は、余裕綽々であっかんべーをしてみせた。

そして、ふたたび前を向いて走り出そうとしたのだが――

「うわっ⁉　痛ってぇ！」

立ちはだかった黒い影にぶつかって、ドシンと尻もちをついた。

「おや、お客様。このようなところでお会いするとは奇遇ですね」

「と、常盤、さん？」

現れたのは常盤だった。

濃藍の着流しを身にまとった常盤は、地べたに転がるずん太の前に立ち、ニッコリと笑っている。

そんな常盤の額には、いつもついている短い角がなかった。

すれ違う人々――特に女性たちが常盤を見て頬を染める様子を見た紗和は、常盤も今はずん太と同じく、〝視えない人にも視えるように〟化けているのだと理解した。

「お、お前、吾妻亭で偉そうにしてる奴じゃん！　なにしに来たんだよ！」

「いえ、そんなに鬼ごっこがしたいのであれば、半分鬼の血を持つこの私がお相手をしようかと思い、追いかけてきました」

〝でも残念ながら、もう勝負はついてしまいましたね〟

そう言葉を続けた常盤は、ずん太の首根っこを掴んで持ち上げた。

傍から見たら、悪さをしている子供を捕まえた父親——いや、年の離れた兄に見えることだろう。

「は、離せよっ！　俺は大切なお客様だぞっ！」

「ええ、そうですね。ですが、こうして〝捕まえた〟のも、お客様の安全を守るためです」

そうして常盤は暴れるずん太を捕まえたまま、紗和のほうを振り向いた。

すぐにふたりのそばまで向かった紗和は、胸に手を当てながら必死に呼吸を整えた。

「常盤さんっ、ありがとうございます！」

息を切らす紗和を見て、常盤は上機嫌な笑みを浮かべる。

「ああ、たまらないな」

「え？」

「だって、こうしていると、きっと周りからは小さな子供がいる仲のよい若夫婦に見えるだろう？」

思わず紗和の笑顔が引きつった。

対する常盤は、未だ上機嫌にニコニコと笑っている。

「いつか我が子と鬼ごっこをするという、新しい夢ができた。ああ、でもその前に、俺は紗和を捕まえないといけないな」

うっとりと目を細めた常盤を前に、紗和だけでなくずん太も引いているようだった。

(でも今は、細かいことにツッコんでる場合じゃない)

これは常盤の通常運転だと言った小牧の言葉が、今さらになって胸にしみる。

「あ、あの、常盤さんはどうしてここに?」

ひと呼吸置いた紗和が話題をそらすと、常盤は「ああ」とこぼしてから、自身が捕まえたずん太に目を向けた。

「会合を終えて吾妻亭に戻ったら、小牧から、いなくなった双子の化け子狸を紗和が追いかけていったという報告を受けてね」

常盤は一見笑っているように見えるが、その瞳は妖しく曇り、温度がなかった。

さすがのずん太も、自身を見る常盤の目が冷たいことに気づいたのか、バツが悪そうにして目をそらす。

「それで、もうひとりはどこに行ったんだ?」

「もうひとり――って、そうだ！　まだ、きな子ちゃんは見つかっていないんです！」

目的はまだ果たされていなかったことを思い出した紗和は、あわててあたりを見回した。

だが、きな子の姿は見当たらなかった。

どうしたものかと紗和が頭を抱えかけたとき、

「紗和しゃま！　きな子しゃまを発見いたしましたぁ！」

可愛らしい声が頭上から聞こえた。

「小栗くん！　きな子ちゃんを見つけたの⁉」

「はいでしゅ！　きな子しゃまは、鶴岡八幡宮の境内におりましゅた！」

さすがに今の小栗は人の目には視えていないようだ。

（っていうか、きな子ちゃんは鶴岡八幡宮に、ひとりで行ってなにをしてるのかな）

まさか、参拝でもしているのだろうか。いや、それこそまさかだ。庭園を惨状にしたずん太ときな子に、神社仏閣をめぐるような趣味があるとは思えない。

紗和が思わず首を傾げたら、常盤に捕まっているずん太がつぶやいた。

「……きな子は珍しい鳩を見つけて、〝あれを捕まえて一緒に写真を撮ったら映える！〟とか言って追いかけていったんだよ」

「珍しい鳩？」

きょとんと目を丸くした紗和は、ふと、あることを思い出した。

鶴岡八幡宮に、珍しい鳩――

（そういえば子供のころに、お父さんとお母さんからそんな話を聞いたことがあるよ

うな気がする）

「まぁ、とにもかくにも、鶴岡八幡宮に向かおうか」

常盤の言葉にハッとして顔を上げた紗和は、力いっぱい頷いた。

今は、考え込んでいる場合じゃない。きな子を無事に連れ帰ることが最優先だ。

「行きましょう！」

そうして一行はきな子を捕獲するため、鶴岡八幡宮へと急いだ。

「いつ来てもここは参道からなにもかもが美しく、身の引き締まる思いがするね」

小町通りを抜けた一行は、鶴岡八幡宮の入口に位置する大鳥居、〝三ノ鳥居〟をくぐって境内に足を踏み入れた。

応神天皇、神功皇后、比売神の三柱の神様が御祭神として祀られている鶴岡八幡宮は、かの源頼朝公が崇敬したころから今日まで多くの人々に愛されてきた鎌倉の名所だ。

「小栗くん、きな子ちゃんはどこにいたの？」

紗和が小栗に尋ねると、小栗はふよふよと宙に浮きながら本宮に向かって右手方向を指さした。

「あの、源氏池にかかる赤い橋のあたりにおりましたっ！」

小栗が指さした赤い橋の先には、源氏のシンボルである二引きの白旗が掲げられている。

その奥に鎮座しているのは、旗上弁財天社（はたあげべんざいてんしゃ）だ。

「きな子ちゃんは、たしか、珍しい鳩と一緒に写真を撮りたいって言ってたんだよね？」

紗和がずん太に尋ねると、ずん太は常盤の脇に抱えられた状態で、小さく頷いた。

「珍しい鳩って、なんのことでしゅかね？」

首を傾げたのは小栗だ。

紗和はそっと目を伏せると、子供のころに両親から聞かされたことを頭に浮かべた。

「鶴岡八幡宮には、よそではあまり見かけない白い鳩がいるんだよ」

「白い鳩でしゅか？」

「うん。昔ね、お父さんから聞いたことがあるの。鶴岡八幡宮には珍しい白い鳩——幸せの白い鳩がいるんだよ、って」

『白い鳩は平和の象徴で、縁起がいいとされているんだ。だから〝幸せの白い鳩〟なんて言われているんだよ』

紗和の父はそう言うと、幼い紗和の手を引いて境内（けいだい）を歩いた。

「鶴岡八幡宮の鳩は、八幡様の使いともいわれているんだ。実際に、本宮（ほんぐう）楼門に掲げられた額の〝八〟の字も、二羽の鳩の形をしている」
言い添えたのは常盤だった。
紗和が隣に立つ常盤を見上げると、常盤は紗和を見て柔らかにほほ笑んだ。
「あっ。きな子だ」
と、ふいにずん太が声をあげた。
ハッとした紗和が赤い橋のたもとを見ると、そこには身を屈めてなにかを狙ってい
る様子のきな子がいた。
きな子もずん太と同じく、今は狸の耳と尻尾がない。
紗和がきな子の視線の先を追うと、そこには一羽の白い鳩がいた。
白い鳩は赤い橋にとまっている。
どうやらきな子は本当に、白い鳩を捕まえようとしているらしい。
「あ……っ！」
次の瞬間、きな子が白い鳩に飛びかかった。
すると、白い鳩はきな子をひらりと躱して、華麗に空に飛び立った。
「わっ、わっ、わわわっ！」
バランスを崩したきな子は赤い橋に飛び乗り、やじろべえのようにグラグラと身体
を揺らした。

「きな子ちゃん、危ないっ！」

条件反射的に走り出した紗和は、きな子に向かって必死に手を伸ばした。

「ひゃあぁぁっ」

そして、きな子が身体を後ろに大きく反らした直後、間一髪のところで間に合い、紗和はどうにかきな子を捕まえた。

（あっ、でもこれ、微妙にヤバイかも――）

そこからは、不思議とすべての動きがスローモーションのように感じられた。

池に落ちそうになったきな子を抱きかかえた紗和は、受け身を取る間もなく地面に倒れ込みそうになった。

こうなったら、自分がクッション代わりになって、きな子を守るしかない。

覚悟を決めた紗和はきな子を抱え込むようにして腕の中に収め、これから自身に訪れるだろう痛みに備えて目をつぶった。

「紗和っ!!」

ところが、既(すんで)のところで身体が温かい腕に抱きとめられた。

おそるおそる瞼(まぶた)を開くと、至近距離に常盤の綺麗な顔があって、紗和は思わず目を丸くした。

「……間に合ってよかった」

そう言うと常盤は、きな子を抱える紗和を抱きかかえながら安堵の息をついた。

どうやら紗和は、地面に倒れ込みそうになったところを、ギリギリ、常盤に助けられたようだ。

常盤の着流しの裾は地面につき、汚れてしまっている。

「と、常盤さん、すみません」

「心臓が止まるかと思ったよ。俺の妻は、なかなかに危ないことをする」

「常盤しゃま。紗和しゃまは、まだ常盤しゃまの妻ではありましぇんよ？」

「うっ……。いいじゃないか。いつか必ず、妻にするつもりなんだから」

小栗にツッコまれた常盤は、苦笑いをこぼしながら紗和をそっと腕からおろした。

「あ、あの。ありがとうございました」

常盤のおかげで、紗和はケガをせずに済んだ。

礼を言われた常盤はあらためて安堵の息をこぼすと、

「今後、俺のいないところでは、絶対に危険ことはしないでほしい」

そう言って困ったように笑ったあと、紗和の頭を優しく撫でた。

紗和に触れる常盤の手は温かく、慈愛に満ちている。

胸の鼓動が早鐘を打ち始めたのを感じた紗和は、とっさに常盤から目をそらした。

「あーん、あとちょっとだったのにぃ！　悔しいっ！」

そのときだ。きな子が紗和の腕の中で不満げな声をもらした。

「白い鳩を捕まえて、超映える写真を撮ってやろうと思ってたのにさぁ！」

きな子はプンプンと頬を膨らませている。

これには紗和も、苦笑いをこぼすしかなかった。

「お客様。危ないところでしたが、ケガをせずに済んで本当によかったです」

営業スマイルを顔に貼り付けながら、常盤がそっと言い添えた。

その顔は笑っているが、よく見ると先ほどずん太を捕まえたときと同様に、目が笑っていない。

「では、おふたりとも、吾妻亭に帰りましゅよ！」

締めにそう言ったのは、小栗だった。

紗和が小栗に目を向けると、どこでそうなったのか、ずん太は小栗と手を繋いでいた。

(とりあえず、無事にふたりとも捕獲成功ってことで、いいんだよね？)

気がつくと、鎌倉の町が夜に染まり始めていた。

紗和と常盤、そして小栗は、イタズラ者の双子の化け子狸を連れて、吾妻亭に向かった。

「ただいま戻りました。このたびはご心配をおかけして、大変申し訳ありませんでした」

一行が吾妻亭に帰還したころには、すっかり日が暮れていた。

「皆様、おかえりなさいませ」

そう言って出迎えてくれたのは小牧だ。後ろには稲女が控えていた。

「皆様が無事に戻られてなによりです」

小牧は言葉の通りに安堵した様子だったが、稲女は不満げに顔をしかめている。

「特に問題なく、鬼ごっこは俺と紗和の勝ちで落ち着いたよ」

常盤のその言葉と同時に、脇に抱えられていた双子が、吾妻亭の床におろされた。

逃げ出す気配はないものの、双子は未だに納得がいかない様子で唇を尖らせていた。

「チェッ。せっかくめちゃくちゃ遊んでやろうと思ってたのに、もう連れ戻されるとか、マジつまんねー」

「ほんとサイアク。まだ全然、映える写真も撮れてないのにさ〜」

双子は不平不満をつらつら並べるばかりで、反省する気配はない。

「俺、まだ、小町通りの食べ歩きグルメを制覇してなかったんだよなぁ」

「きな子もぉ。まだまだ食べたいものとか見たいものが、たくさんあったのにさ〜」

これだけ周りに迷惑をかけておきながら、よく言えたものだ。

紗和はさすがに呆れて、口を挟まずにはいられなかった。

「でも、もしもなにか問題を起こしたら、ご両親に迷惑がかかっちゃうよ？」

相手は一応お客様なので敬語を使うべきなのだろう。

しかし、ふたりのおかげでクタクタに疲れている今は、そういう気にすらなれなかった。

「ご両親に迷惑をかけて悲しませるのは、あなたたちも嫌でしょう？」

紗和は真剣な表情で双子に尋ねた。

ところが紗和の言葉を聞いた双子は、プッ！　と噴き出したあと、「真面目かよ！」と声を揃えて笑い出した。

「パパとママに迷惑かけるとか、別に、しょーがなくね⁉」

「そうそう、だってうちらはまだ〝子供〟なんだからぁ。迷惑かけて当然でしょ！」

一切悪びれることなく言い切った双子を前に、紗和は返す言葉を失った。

「だから、うちらはこれからも、パパとママに迷惑をかけま〜す」

「そうそう、みなさんはご心配なくっ♪」

（いやいや、あなたたちが迷惑かけてるのはご両親だけじゃないでしょ⁉）

荒れ果てた庭園もしかり、小町通りでの鬼ごっこと鶴岡八幡宮での騒ぎもしかり。

考えているうちに沸々と、紗和の中でなにかが燃えあがり始めた。

「っていうか、吾妻亭の人たちさぁ。残念だけど、俺らを捕まえたって、ぶっちゃけ意味ないよ！」

「それな〜。どうせまたすぐに、きな子とずん太兄ぃは、こんなところ逃げ出してやるし〜」

揚々と喋り続けるふたりはまるで気づいていないようだ。

ふたりが喋れば喋るほど、紗和がまとう空気が冷たくなっていくことに。

「大人の目を欺く（あざむく）のなんて、ヨユーだしなっ！」

「だねぇ。ずん太兄ぃ、今度はもっと面白いことをたくさんして、みんなをビックリさせちゃおうよ！」

「いいぜ！　じゃあ、次はどんなことをして、みんなを驚かせようか——」

「いっ…………いい加減にしなさいっっ‼」

次の瞬間、まるで雷が落ちたような怒号がロビーに轟（とどろ）いた。

怒りの声をあげたのは紗和だ。

その場にいる紗和以外の全員が、ビクリと肩を揺らして声の主である紗和へと目を向けた。

ロビーに他のお客様がいなかったのは幸いだった。

もしも近くにいたら、クレームの対象になっていたことだろう。

「黙って聞いていれば、言いたいことばっかり言って！」

「ちょ、ちょっと！　あんた、お客様に向かってなにを――」

「稲女さんは、黙っててください！」

「は……はぁ!?　あんた、教育係のアタシにそんな口をきいていいと思ってんの!?」

「思ってません！　でも今は稲女さんと話している場合じゃないので、ちょっと静かにしていてください！」

紗和にピシャリと言われた稲女は、不本意そうに押し黙った。

ふたたび静寂に包まれたロビーでは、紗和の荒れた呼吸音だけが、やけに大きく耳に届く。

「ふぅ……。いい？　あなたたちがしているのは遊びではなくて、今言った通り、〝迷惑行為〟なの」

心を落ち着けるようにひと呼吸置いた紗和は、そう言うと縮み上がっているずん太ときな子の視線に合わせるように身を屈めた。

今、紗和に視(み)えているふたりの色は、相変わらず朱に近い橙(だいだい)色だ。

けれど、あらためてよく視(み)ると、最初に視(み)たときとは印象が違っていた。

「あなたたちは面白いと思ってイタズラをしているのかもしれないけれど、周りをよく見てみて。周りの人やあやかしは、誰ひとり笑っていないでしょう？」

諭すように言った紗和は、小さく深呼吸をした。

そしてふたりの小さな手を、そっと握りしめる。

「もう、誰かを悲しませたり、困らせるようなイタズラをしてはダメ。自分がした行いは、いつか自分に返ってくるの。自分が善い行いをすれば、それもいつか巡り巡って自分に返ってくるよ」

紗和が双子を真っすぐに見て告げると、双子はバツが悪そうに俯いたあと、互いに目配せをした。

「……わかったよ、おねーさんの言う通り、もう悪いことはしません」

「きな子もぉ。もうイタズラはやめる～。マジ反省～」

双子の返事を聞いた紗和は、思わずホッと息をついた。

(わかってもらえたみたいでよかった)

紗和はしおらしくなった双子を前に、

「話を聞いてくれて、ありがとう。私もいきなり大きな声を出してごめんなさ――」

〝ごめんなさい〟と、誠心誠意謝ろうとしたのだが……。

「ひゃあっ⁉」

突然手を振り払われたかと思ったら、紗和が下げかけた頭の上に、ズシン！　という重みが乗った。

その重みはすぐに後方へと消えて、紗和はあわてて体勢を整えて振り返った。

「ハハッ、バーカ！」

紗和を飛び越えた双子はあっかんべーをして、小憎らしい笑みを浮かべる。

「そんなクソダサい説教聞いて、俺らが反省すると思ったら大間違いだってーのっ！」

「それなっ！　うちらがイタズラやめるとか、ありえないし！」

（え、えええええ⁉　今のは反省して、一件落着の流れでしょ⁉）

紗和の願いもむなしく、双子はピンピンしながら飛び跳ねていた。

そして、ふたたび廊下を走り去ろうと目論んでいる。

「とりあえず、また池で錦鯉（にしきごい）釣りでもしよっかなぁ」

マズイ、ここで取り逃したら元の木阿弥（もくあみ）だ。

これには、さすがの常盤と小牧も呆れてものが言えないといった様子だ。

「ちょ、ちょっと待って。ふたりとも――」

紗和はあわててふたりを追いかけようと、足を前に踏み出した。

ところが、次の瞬間。

「……あんたは、あやかしのクソガキをナメすぎよ」

「え？」

低く地を這うような声が聞こえたあと、紗和の横をビュッ！　となにかが通り過ぎた。

「「ぎゃ、ぎゃあああっっっ‼」」

直後、双子が揃って悲鳴をあげた。

(う、嘘――――!)

腰を抜かした双子の足元には、まさかのまさか。

「あんたたち、私はあの女みたいに甘くないわよ!」

鬼の形相で吠える、〝稲女の頭〟が転がっていた。

驚いた紗和がつい先ほどまで稲女がいた場所を見ると、そこにはピッチャーばりの投げを終えたポーズで固まる稲女の身体があった。

そう、〝身体〟だけが残されていたのだ。

「な、な、なんで頭だけが飛んできたんだよ! お前、なんのあやかしだよっ⁉」

叫んだのは、ずん太だ。

紗和がふたたび前を向くと、腰を抜かしたずん太のそばに転がっている〝頭だけの稲女〟が、鋭く目を細めた。

「あんたにアタシがなんのあやかしかなんて教えてやる義理はないわ!」

「なっ! あ、あの人間の女といい、俺たちは大切なお客様なのに、そんなこと言っていいのかよ!」

「うるさいっ！　こっちが客だと思って優しく接してれば付け上がってこのクソガキどもが！　いい加減、堪忍袋の緒が切れたわ！　今日という今日は、あんたたちがうちの宿に泊まりに来るたびにしてきたこと、ぜーんぶ、ご両親にぶちまけてやるから覚悟しな！」

　まくし立てるように稲女が言った直後、ピッチャーの体勢のまま固まっていた稲女の身体が動き出した。

　身体はズンズンと真っすぐに頭のそばまで進んでいき、豪快に頭を掴むと、ガシン！　と元通りにくっつけた。

「あの平和ボケしたご両親にも、今の勢いで一喝してやるから！　この旅館に泊まってるのはあんたたちだけじゃないのよ。バカなことばかりする奴らは、このアタシが許さないわっ！　クレームくらい、ドンと来いよ！」

　稲女の迫力に恐れ慄いたらしい子供たちは、いつの間にか変化が解け、完全なる子狸の姿になっていた。

（狸のぬいぐるみみたいだなぁ）

「さぁ、わかったら今からアタシと部屋に戻って、ご両親に全部説明するわよ！」

「ぎゃあ！」

「やめて～！」

ぬいぐるみ化した子狸たちの首根っこを掴んで持ち上げた稲女は、唖然として固まっていた紗和を振り返った。

「ほら、あんたはこの子たちの担当でしょう⁉　一緒に行くわよ！」

「は、は、はいっ！　わかりました！」

背筋をピンと伸ばした紗和は、急ぎ足で先を行く稲女を追いかけた。

前を歩く稲女がまとう色は相変わらず燃えるような深紅で……まぶしいほど美しかった。

＊＊＊

「突然このようなことを言われても、信じられないかもしれませんが……」

その後、稲女は宣言通りに、双子の両親である化け狸夫婦にこれまで双子がしてきたことを打ち明けた。

「吾妻亭は、あやかし専門宿です。人が泊まる宿では絶対にあり得ないようなトラブルや事件が起こるのは日常ですので、お子さんたちの悪行についてもこれまで目をつぶってまいりました」

しかし、今回はいよいよ堪忍袋(かんにんぶくろ)の緒が切れた。

双子たちのためにも、両親である化け狸夫婦にすべて話すことに決めたのだと、稲女は丁寧に説明した。

当の双子はといえば、さすがに人型には戻ったものの、未だに稲女の説教がきいているのか、部屋の隅で小さくなっている。

「大変申し上げにくいのですが、お子さんたちがしてきたことは、イタズラの域を越えています」

キッパリと言い切った稲女は凛々しく、紗和の目には頼もしく映った。

「いやはや、おかげで謎が解けました～～」

ところが稲女からひと通り話を聞いた化け狸の主人の返事は、予想外のものだった。

「我々も、前からなんだかおかしいなぁと思っていたんですよ」

「……どういうことですか？」

のほほ～んと答えた化け狸の主人に、稲女は思わずといった様子で聞き返した。

「いえね。実は他の旅先で、宿に予約の電話を入れると、なぜか断られるということが多々ありまして」

化け狸の主人は笑いながら話を続ける。

「妻と不思議に思っていたんですが、きっとこの子たちが行く先々で悪さをしていて、我が家はブラックリストにでも載ってしまったんでしょうなぁ。ハハハ、こりゃ、まいった」

　そう言うと化け狸の主人は、前に突き出た自分のお腹をポンッ！　と叩いた。

　これにはさすがの稲女も毒気を抜かれたようで、唖然としている。

「他の旅館では理由を教えてくださらなかったから、気づけませんでした。だから今回、教えていただけてよかったわぁ～」

　化け狸の妻ものんきにほほ笑み、主人と顔を見合わせた。

　やり取りを黙って聞いていた紗和は、なんとも腑に落ちない気持ちになった。

「私たち夫婦は、子供をのびのびと育てるために放任主義の子育てを意識してきたんです。ほら、そのほうが子供の自主性が伸びるって言うでしょう？」

「は、はぁ……」

　さすがの稲女もそれ以上の言葉は返せずに顔をしかめた。

　そのあとも化け狸夫婦はのほほんと教育論を語るだけで、謝罪の言葉を口にすることはなかった。

（穏やかで寛容な……薄橙色(うすだいだい)）

　化け狸の夫婦がまとう色を視(み)ながら、紗和はあらためて考える。

　紗和は初めて夫婦の色を視(み)たとき、とてもいいあやかしたちなのだろうと感じたが……今のふたりの話を聞いたあとでは、印象が変わってしまった。

「ではでは、今回もどうもありがとうございました」

結局その後、一夜明け、一家が吾妻亭をあとにするまで双子の化け子狸が問題を起こすことはなかった。

双子は帰り際に、渋々といった様子で「迷惑をかけてすみませんでした」と、紗和たちに謝っていったが、本意ではないだろうことは明らかだった。

「ぜひまた、吾妻亭にお越しください」

初めてのお見送りを終えた紗和は顔を上げたあと、複雑な思いを抱えながらため息をついた。

初仕事を無事に終えて、本来なら喜びたいところなのに。

（なんだかちょっと、スッキリしないなぁ）

と、もう一度紗和がため息をこぼしたら、ふらりと現れた常盤に労い（ねぎら）の言葉をかけられた。

「初仕事、ご苦労だったね」

「なんというか、ちょっとモヤモヤしています……」

紗和は正直に答えて苦笑いをこぼす。

「そうだな、俺もいろいろと思うことはあったな」

「どんなことですか？」

「あの双子が俺の紗和を踏みつけたときには、正直なところ焼き子狸にしてやろうかと思った……とか？」

冗談めかして言った常盤の言葉に、紗和はつい小さな笑みをこぼした。

常盤は紗和の心情を慮ってくれたのだろう。

けれど残念ながら、紗和の心は完全には晴れなかった。

（あの子たちは、これからどうなっていくんだろう）

「まぁ、あれくらいで、あのガキたちは改心しないでしょうね」

と、紗和の心の内を見透かしたかのように言ったのは稲女だ。

ハッとして紗和が振り返ると、稲女は長いまつ毛を伏せて、胸下で腕を組んだ。

「でも、あれは、子供だけを責められないわよね。アタシはそもそも、自分の子供があれだけのことをやってることに気づかないってところが、親として問題だと思うもの」

「稲女さん……」

「あの両親は〝放任主義の子育て〟だとか言ってたけど。ぶっちゃけ、言い訳にしか聞こえなかった。ほったらかしと紙一重だと思うわ。だからアタシは……ちょっと、あのクソガキたちに同情もしたわね」

そこまで言うと稲女は、化け狸一家が消えた方向に背を向けた。

たしかに人の世界でも、〝放置子〟と呼ばれる子供たちが、親の知らぬところでよその家に迷惑をかけているという話は聞いたことがある。

(でも結局、第三者にできることって限られてるし)

「……難しい問題ですよね」

紗和は一家が帰ったあとも、四つの背中の残像を思い浮かべていた。

(今回のことが、少しでもあの子たちにとっていい方向に進むきっかけになればいいけど)

ただ願うことしかできないのがもどかしい。

紗和や稲女があのふたりに伝えたことが、種となって芽吹くことを祈るばかりだ。

「はぁ〜。ってことで、いつまでもしんみりしていられないわ。今日もこのあとお客様が来るんだし、アタシたちは次のおもてなしの準備をしなきゃね」

「は、はいっ！　ご指導よろしくお願いします！」

仕切り直した稲女にならって、紗和も気持ちを切り替えた。

すると、そんな紗和を稲女が振り返った。

「その前に……。あんたにはちょっと、話したいことがあるのよ」

「私に話したいこと、ですか？」

首を傾げた紗和を尻目に、稲女は紗和の隣に立つ常盤にチラリと目を向けた。

「常盤様。少しだけ彼女をお借りしてもよろしいでしょうか？」

稲女は緊張した面持ちで常盤に尋ねた。

対する常盤は、ふっと表情を緩めたあと、紗和の背中に手を添えた。

「ああ、もちろんだ。俺は稲女を吾妻亭の従業員として信頼しているから、安心して紗和を任せられる」

淀みのない常盤の答えを聞いた稲女は、一瞬だけ目を見張ったあと、少しだけ寂しそうにほほ笑んだ。

「……ありがとうございます。では、失礼しますね。紗和、あんた、ちょっとアタシについてきて」

「は、はい。わかりました」

そうして紗和は常盤と別れ、稲女とともに庭園へと向かった。


「あ、あの。それで、稲女さんが私に話したいことってなんですか？」

吾妻亭の庭園は、昨日の惨状が嘘のように美しさを取り戻していた。

池の中では昨日打ち上げられていた錦鯉が悠々と泳いでいる。

相変わらず綺麗な花手水。苔の絨毯に配された飛石は自然と一体化しており、見ていると時間を忘れてしまいそうだった。

「あの、稲女さん……？」

庭園が見える渡り廊下に立つ稲女は、ただ黙ってそこに佇んでいた。

表情は憂いを帯びているようにも見える。

（稲女さんが話したいことって、やっぱり私があの子たちに偉そうに説教をしたことについてだよね？）

いろいろ言った割に、最後は結局、稲女任せになってしまった。

紗和はそのことについて稲女に叱られるのだろうと、内心、身構えていた。

「あのさ、あんた――」

「こ、このたびは、ご迷惑をおかけして、すみませんでした！」

とっさに稲女の言葉を遮った紗和は、謝罪の言葉を口にしたあと深々と頭を下げた。

「私、子供たちに偉そうに言った割に、全然お役に立てなくて……」

結局紗和は、叱られる前に謝るという選択をした。

稲女はそんな紗和を見て驚いた様子で片眉を上げる。

そして数秒経ってから、風船から空気が抜けたように「はぁ～～」と長い息をもらした。

「なんであんたが謝るのよ。むしろ謝らなきゃいけないのはアタシのほうでしょ」

「え？」

「だってアタシは、あの子たちが空前絶後の悪ガキだってことを黙ってたのよ。あんたのこと、騙したも同然でしょ？」

紗和が弾かれたように顔を上げると、稲女は気まずそうにして紗和から目をそらした。

「ほんと、悪かったわね。あんたが早々にヘマをして吾妻亭から出ていけば、常盤様もあんたを見限って、結婚するとか馬鹿げたことを言わなくなるかと思ったのよ」

稲女はもともと、紗和と常盤の結婚に反対していた。

（そうだ。そういえば私、稲女さんに騙されたんだっけ）

そのあとに起きたことのインパクトが強すぎて、紗和はそもそもの原因が頭から抜け落ちていた。

「すみません、そのことはすっかり忘れてました」

「は？」

「でも、謝っていただき、ありがとうございます」

紗和がぺこりと頭を下げると、稲女はゲテモノを見つけたような目を紗和に向けた。

「それで、お話というのはそのことですか？」

「ち、違うわよ。って、正確には違わないけど——」

稲女は長い髪をくしゃりとかきあげ、そろそろと紗和から目をそらす。

「あ～～、もうっ。あんたと喋ってると調子が狂うわね。あんたに謝ることもそうだけど、アタシがあんたに話したかったことは、また別の話なのよ」

「別の話？」

紗和は首を傾げた。対する稲女は覚悟を決めた様子で、「ふぅ」と息をついた。

「あんたは、さ。〝アレ〟見てどう思った？」

「アレ？」

「アレって言ったらアレでしょ！　アレしかないじゃない！」

「す、すみません。なんのことなのかサッパリ……」

声を荒らげた稲女を前に、紗和は思わずたじろいだ。

鈍い紗和に苛立ったらしい稲女は、焦れったそうに地団駄を踏む。

「ほんっと、嫌になるわね！　アレって言ったら、アレしかないでしょ！　アタシの頭が取れたことよ！」

「あ……ああ」

そのことか。

稲女は顔を真っ赤にしながら紗和を睨んだが、当の紗和は、稲女とは対照的な気の抜けた顔をした。

「あらためて考えると、すごいことですね」

つぶやいた紗和は、考える人の像のように自身の顎（あご）に手を添えて、そのときの状況を思い浮かべた。

「……正直に言ってくれていいわよ。アレ、驚いたでしょ」

「はい。たしかに、ちょっと……というか、めちゃくちゃ驚きました」

正直に答えた紗和に対して、稲女は「……そうよね」とつぶやいてから自嘲した。

「驚いて当然だし、あんたの反応は普通だわ」

「す、すみません。まさか自分で自分の頭を取って投げるなんて、予想外というか、衝撃的で」

風を切って飛んでいった美女の頭。

そして、それを見て怯える双子の化け子狸。

ズンズンと頭のない身体が歩いていって、自分の頭を掴んで無造作にくっつけたこと――

「引いたわよね」

「ふっ、ふふっ。あははっ。ほ、ほんとにすみませんっ。思い出したら楽しすぎて……ふ、ふふっ。だってまさか、頭が取れるなんて思わなくて」

「はぁ？」

我慢できなくなった紗和は、お腹を抱えて笑い出した。

笑ってはいけない。でも、ダメだと思えば思うほど笑えてくる。

「稲女さんがふたりを一喝したの、すごくカッコよかったです。でも……ふふっ。す、すみません、思い出すとどうしても笑ってしまって……っ」

腹筋崩壊中の紗和を前に、稲女は信じられないという顔をして固まっている。

「ちょ、ちょっと。今の、普通は、気持ち悪くて引くところでしょ？」

「え……？　気持ち悪いって、なにがですか？」

キョトンとして首を傾げた紗和を前に、稲女はまたイライラしながら口を開く。

「だ、だからっ。突然、頭が取れたら気持ち悪いって思うでしょう！　引くでしょう⁉　普通はそうなのに、なんであんたは笑ってるのよ！」

紗和はそこまで言われて、ようやく稲女が言わんとしていることを理解した。

そして理解したと同時に、「ああ」と気の抜けた声をこぼして斜め上を見る。

「普通は気持ち悪い？　んですかね。ちょっとよくわからないんですけど」

あっけらかんと答える紗和に、稲女は眉根を寄せて怪訝そうな顔をした。

「こんなことを言ったら失礼かもしれないですけど、そもそも稲女さんはあやかしですし、頭が取れても別に不思議じゃないというか」

「あ、あんた、身も蓋もないこと言うわねぇ……」

「それに〝普通じゃない〟と言うなら、私もそうです。実際、普通じゃないから、今ここにいるんだとも思いますし」

今度は紗和が自嘲した。

紗和の言葉を聞いた稲女は一瞬だけ大きく目を見開いたあと、視線をそっと下にそらした。

「たしかに……あんた、普通じゃないわよね」

「……ですよね」

「あーあ、なんかアレコレ考えてバカみたいだったかも。あんたには、他にもいろいろ言いたいことを言ってやろうと思ってたけど、なんだかどうでもよくなっちゃった」

そこまで言うと稲女はふたたび長い黒髪をかき上げ、「ふぅ」と短く息をついた。

「アタシはね、あやかしの〝ろくろ首〟なのよ。でも、ろくろ首なのに首が伸びなくて、代わりになぜか、頭が取れるの」

首は伸びない代わりに、頭が取れるろくろ首。

稲女はそれが理由で、鎌倉幽世では家族から〝出来損ない〟と言われ続けてきたらしい。

「家族は出来損ないのアタシが疎ましかったんでしょうね。アタシは子供のころからずっと、両親にほったらかしにされていたわ」

　稲女は両親の気を引きたくて、子供のころはあれこれと悪さの限りを尽くしたらしい。

「それでも、両親はアタシのほうを見ようともしなかったわ。結局、両親はアタシの存在ごと、見て見ぬふりをしたかったんでしょうね」

　淡々と話す稲女は、どこか遠くを見るような目をしていた。

　ほったらかし——。稲女の言葉を聞いた紗和の脳裏(のうり)には、ずん太ときな子の姿が思い浮かんだ。

「それでアタシは、鎌倉幽世には自分の居場所はないんだってことに気づいてね。鎌倉現世に逃げてきたの」

「そう、なんですね」

「現世に逃げてきて、途方に暮れていたアタシを拾ってくれたのが常盤様よ。アタシの事情を知った常盤様は、吾妻亭はアタシみたいな〝出来損ないのあやかし〟たちの心の拠りどころだって教えてくれてね」

　常盤のおかげで、稲女は今日まで腐らずに生きてこられたのだという。

「アタシは、アタシに居場所をくれた常盤様のことが心の底から大好きで——すごく、すごく尊敬してるの」

続けてそう言った稲女の表情は、女の紗和でも見とれてしまいそうになるほど美しかった。

「アタシ、常盤様に感謝してるのよね。だから常盤様が望むことは、なんでも叶えたいって思ってる」

吾妻亭は、稲女にとって〝大切な居場所〟なのだ。

そして常盤も、稲女の大切な想い人だった。

(だから稲女さんは、私につらく当たっていたんだ)

稲女にしてみれば、ぽっと出の、どこの馬の骨ともわからない女が想い人の結婚相手になると言われて、納得できずに怒るのは当然と言えば当然だろう。

「稲女さんからすれば、私みたいなのに腹が立つのは当然ですよね」

複雑な気持ちになった紗和は、思わず俯いて肩を落とした。

すみませんと謝るべきだろうか。でも、ここで謝るのも、なんだか少し違う気がする。

どうすればよいのか紗和が葛藤していると、

「ちょっと、アタシに同情するのはやめてくれない⁉」

また胸下で腕を組んだ稲女がそう言って、「フンッ!」と鼻を豪快に鳴らした。

「今言った通り、常盤様が望むなら、アタシはどんなことでも叶えたいって思ってるのよ！」

「それ、は……」

「つまり、常盤様があんたのことが好きで、あんたを妻にしたいと望むのであれば、そうなるように応援するのがアタシの務めってことよ」

言い切った稲女は、もう一度大きく鼻を鳴らした。

「そりゃあ最初は、なにこの女！　って思ったけどさ。でも……なんかあんた、悪い奴ではなさそうだし。常盤様のことを覚えていないのも、なんかあんたは変だから、そういうこともあるのかもとか、話してたら思えてきたわ」

言いたいことを言い切った稲女は、唐突に紗和の頰をブニッとつまんだ。

「ひゃ、ひゃにするんでひゅか？」

「ププッ。やだ、ブサイクな顔。まぁ……とにかく、そういうわけだから、もういいのよ。あんたを虐めたアタシを、常盤様は咎めなかった。本当は今すぐ吾妻亭から追い出されてもおかしくないだろうに……。バカなアタシを許してくれた常盤様のこと、アタシはもう二度と裏切らないわ」

そう言うと稲女は、つまんでいた紗和の頰から手を離した。

「そもそもアタシじゃ、常盤様とは添い遂げられないってこと、アタシが一番よくわかっているし」

続けられた稲女の言葉の真意がわからず、紗和は首を傾げてしまった。

「そもそも稲女さんが、常盤さんとは添い遂げられないってどういうことですか？」

「そりゃあ、だってアタシ、こう見えて男だからよ」

「…………え？」

「だーかーらー。アタシ、男なのよ。でも常盤様って飄々（ひょうひょう）としてて、なに考えてるかわからないところがあるでしょ。だから案外、アタシみたいなのもイケるタイプかもって思ってたんだけど。あんたにアレだけベタ惚れなのを見せられたら、ノーチャンスだって気づいたわ」

予想外のカミングアウトに、紗和は電源が切れたロボットのように静止した。

（稲女さんが……男？）

紗和は夢かと思って頬をつねったが、当たり前に痛かった。

「ちょっと。なに、バカ面で固まってんのよ⁉」

「す、すみません……。だって私、これまで稲女さん以上の美人を生で見たことがなかったので、ちょっと衝撃すぎて、理解が追い付かなくて」

絶世の美女だと思っていた相手が、実は男だった。

ここへ来て、一番の衝撃かもしれない。

（それこそ、頭が取れることよりも、こっちのほうが驚きだよ！）

対する稲女は、驚く紗和を見て勝気にほほ笑んでいた。

「女の私よりも、稲女さんのほうがよっぽど女性らしくて綺麗ですし」

「あははっ。アタシが綺麗なことなんて、アタシが一番よく知ってるのよ！　これからも、アタシ以上の美女は現れないだろうし？」

自信満々に言った稲女は、紗和にそっと背を向けた。

その後ろ姿は凛として美しいが、長い黒髪からチラリと覗く耳の先は、ほんのりと赤く染まっていた。

「とりあえず……まぁ、そういうことだから」

「え？」

「だーかーらー。あらためて、これからよろしくしてやるってことよ！　あんた、抜けてるのかバカなのかふてぶてしいのかわからないわね」

〝まぁ、とにかく本当に変な子だけど、嫌いじゃないわ〟

清々しく言い切った稲女は、紗和に背を向けたまま、ゆっくりと歩き出した。

けれどすぐに足を止めると、もう一度視線だけで紗和のことを振り返る。

「あんたがあの子たちを真剣に叱ったとき、子供のころのアタシが救われたような気持ちになったわ。紗和――ありがとね」

澄んだ声を響かせた稲女はそれだけ言うと、今度こそ前を向き、真っすぐに伸びた廊下を颯爽と歩いていった。

その堂々とした背中に、紗和はひたすら目を奪われた。

(ああ、不思議だなぁ)

紗和がずっと苦手意識を抱いていた〝深紅〟が、今は、とてもまぶしい。

逆に、親近感を抱いた薄橙(うすだいだい)色は、紗和の心に歪みを残した。

そっと目を閉じた紗和の瞼(まぶた)の裏は暗闇だ。

でも、紗和がふたたび目を開けたときには……少しだけ、視(み)える世界が変わっていた。

――これからは共感覚に囚われず、きちんと相手のことを知っていけるようになりたい。

そんなふうに思ったのは初めてだった。

どこから迷い込んだのか、顔を上げた紗和の目の前を、桜の花びらが一枚通り過ぎた。

その行方を追う紗和の表情は、ここへきて一番、晴れ晴れとしていた。

四泊目　烏天狗の兄弟と惑う心

「紗和も、だいぶここでの生活や仲居の仕事に慣れてきたようだね」

桜の時期も終わり、新緑が木々を彩り始めた五月のある日。

紗和が吾妻亭で常盤の仮花嫁兼仲居として働くようになって、早一ヶ月が経った。

「たしかに、少しは使えるようになってきたわね」

「ありがとうございます。でも、それもこれも、根気強くご指導くださる阿波さんや稲女さんのおかげです」

本日の宿泊客のための準備をしていた紗和は、阿波と稲女に褒められ、照れくさそうに頬をかいた。

初仕事で稲女と和解してからというもの、紗和は稲女と良好な関係を築いていた。

仕事中はとても厳しい稲女だが、仕事が終わればガールズトークに花を咲かせた。

ちなみに、そのガールズトークで稲女から聞かされた話なのだが、仲居頭の阿波はかまいたちと砂かけ婆の間に生まれた邪血妖なのだそう。

常盤と同じように鎌倉幽世で純血妖に迫害されて、現世に逃げてきたということだった。

(邪血妖とか純血妖とか、結局、どちらも同じあやかしでしょって感じで、私にはあまりピンとこないけど)

あやかしの世界には、古いしきたりのようなものが根強く存在しているらしい。

そして常盤や稲女、阿波をはじめとした吾妻亭で働くあやかしたちは皆、鎌倉幽世にはいられなくなった〝はぐれ者〟なのだということを教えられた。

(ただ普通に接しているだけじゃ、気づかないけど)

吾妻亭にいるあやかしたちは、皆それぞれに事情を抱えているというわけだ。

けれど、事情を抱えているという点では、紗和も似たようなもの。

「それであんたは、まだなにも思い出せないの?」

考え込んでいた紗和に声をかけたのは稲女だった。

紗和が我に返るとすでに阿波の姿はなく、ロビーで稲女とふたりきりになっていた。

「まだなにも思い出せない……とは?」

「もうっ! そんなの、常盤様とのことに決まってるじゃない!」

見事な芍薬(しゃくやく)を花瓶に生けながら、稲女が吠えた。

その隣で紗和は枯れてしまった花を片付けていた手を止めた。

「それについては……何度も思い出そうとしてるんですけど。考えると急に頭が痛くなるというか、本当になにも思い出せなくって」

　つい視線が手元に落ちてしまった。

　そんな紗和を見た稲女は、呆れたようにため息をついた。

「逆にそこまでなにも思い出せないって、呪いにでもかかってるんじゃないかと思うわ」

「アハハ……」

「あの常盤様に好かれるって、すごく幸せなことなのに。あ〜、ほんと、もったいない。アタシと代わってくれないかしら」

　冗談めかした稲女は、生け替え終わった花瓶を持って、元あった場所に移動した。

　対する紗和は作業を再開して目を伏せた。

（稲女さんが言ってることも、よくわかるけど）

　常盤は、誰もが認める美貌の持ち主だ。

　この一ヶ月と少し、常盤を見た人がポーッと見とれる場面を、紗和は何度も目にしてきた。

　そして常盤は、とにかく紗和に甘くて優しい。

　おかげで紗和は食べることにも困らず、雨露をしのげる〝今〟がある。

　ここでの生活に不安を感じていた紗和に式神（しきがみ）の小栗を授けてくれたり、なにかあれば必ず手を差し伸べてくれるあたり、過保護に近い。

紗和はそんな真摯な想いに触れたことで、常盤ときちんと向き合っていこうと心に決めた。

（でも、やっぱり、結婚って言われると……）

そもそも人とあやかしは、結婚できるのだろうか。

「あっ！　さわっぺに稲女さんだ～」

そのとき、陽気な声が耳に届いた。

ハッとして顔を上げた紗和が声のしたほうへと目を向けると、そこには野菜が入った段ボールを抱えた義三郎がいた。

「ちょっと義三郎、今掃除をしたばかりなんだから、野菜の泥をロビーに落とさないでよ」

稲女に注意された義三郎は、「は～い」と気のない返事をする。

「今日はさぁ、とっても新鮮な野菜をたくさん買い付けられたんだよねぇ」

そう言って紗和と稲女のそばまでやってきた義三郎は、今どきの大学生風な形姿をしている。

琥珀色の短髪に琥珀色の瞳を持つ、爽やかで明朗快活な好青年だが――

その実態は〝空を飛べない烏天狗〟で、現在は本人が〝親方〟と慕う吾妻亭の花板・仙宗の愛弟子として、料理人見習いをしながら調理場で働いていた。

「さわっぺは鎌倉出身だし、鎌倉野菜のこと、知ってるよね⁉」

フレンドリーな義三郎は紗和のことを〝さわっぺ〟とあだ名で呼ぶ。

まとう色はまぶしい黄金色で、紗和は彼と話すたびに心が明るく元気になった。

「私は鎌倉出身っていっても、住んでいたのは本当に小さいころだけだし。鎌倉野菜って聞いたことはあるけど、サブくんみたいに詳しくはないよ」

ちなみに紗和も親しみを込めて、義三郎のことは〝サブくん〟と呼んでいる。

「えー、そうなのか！　鎌倉野菜は、その名の通り鎌倉市内や近郊で栽培している野菜のことなんだけど～。百種類以上あるって言われている上に、カラフルなのが特徴なんだぜ！」

瞳をキラキラと輝かせる義三郎と話しているうちに、自然と紗和も笑顔になった。

「いつか、さわっぺと一緒に、鎌倉野菜を買い付けに行きたいなぁ」

「っていうか、義三郎。あんた、こんなところで油を売ってたら、仙宗に叱られるんじゃないの？」

「あ……。そういえば今日の夜は、宴会の予約が入ってるんですもんね」

紗和が言い添えると、稲女はスンとしながら「そうよ」と頷いた。

今晩は、とあるあやかし団体の宿泊予約が入っており、その宿泊客たちが盛大に宴会をする予定なのだ。

「今日の夜は、その宴会対応で忙しくなるわね」

「稲女さんなら余裕っしょ～」

「それはそうよ」

「あ、さわっぺのことも頼りにしてるからね～」

「あはは、迷惑にならないように頑張るね」

義三郎にほほ笑みかけられた紗和もつられてほほ笑んでいた。

すると、そのとき。

「……義三郎。仙宗が調理場で、お前の帰りが遅いとぼやいていたぞ」

低く重い声が、背後からふたりの間に割って入った。

三人が同時に振り向くと、そこには濃紺の着流しを身にまとった常盤が立っていた。

常盤からはただならぬ殺気のようなものが漏れ出ている。

ただし、それに気づいたのは稲女だけで、紗和と義三郎はのんきに構え続けていた。

「義三郎は早く、仙宗のところへ行ったほうがいい」

「はーいっ！　それじゃあ稲女さん、さわっぺ、またあとでね！」

常盤に急かされた義三郎は、紗和と稲女に笑いかけたあと、すぐにその場から立ち去った。

残された三人の間には微妙な空気が流れたが、

「そ、そうだ。アタシも阿波さんに呼ばれてたんだ～。紗和、あんたはその花の片付けが終わったら、休憩入っていいからね」

「あ……。は、はい。わかりました」

稲女が早々に空気を読み、紗和を残して退散した。

（な、なんだか気まずい）

常盤とふたりきりになった紗和は、なんとなく顔を上げることができなかった。

沈黙を破ったのは常盤だ。

「紗和は稲女だけじゃなく、義三郎とも随分仲良くなったみたいだな」

常盤は紗和を見て、ニッコリとほほ笑んだ。

反射的に常盤を見上げた紗和は、自分に向けられた常盤の笑顔に違和感を覚えた。

たしかに常盤は笑っているが、それ以上に冷たい空気を放っているようにも感じる。

今、常盤がなにを考えているのか、紗和は必死に汲み取ろうとした。

だけど、考えても考えてもわからない。

（相変わらず、常盤さんのまとう色だけ視えないし）

化け狸の一家と稲女の一件以来、紗和はなるべく共感覚に囚われないようにと心掛けていた。

ただ、最初からなにも視えない常盤のことだけは、割り切ることができないでいる。

（だって、色が視えないのは常盤さんだけだし……）

そこまで考えた紗和は、ふとあることに気がついた。

紗和が常盤との結婚を迷う、大きな理由のひとつはコレかもしれない。

他の人ならば本質を表す色が視えるのだが、常盤の色は視えない。

これまで共感覚とともに生きてきた紗和にとって、それは大きな不安要素に違いなかった。

「紗和は義三郎のことを、どう思ってるんだ？」

「え？　サブくんは、普通にいい人だと思いますけど……」

不意に質問を投げかけられた紗和は、何気なく答えた。

すると常盤は、なぜか「うっ」と呻いて、自分の胸のあたりを右手で押さえた。

「サブくん……！　俺のことは未だに〝常盤さん〟なのに、義三郎のことはあだ名……！」

常盤はそのままヨロヨロとふらついて、そばの柱に寄りかかった。

ガックリと項垂れている常盤を見た紗和は、ようやく今、常盤がなにを思っているのかを察した。

「あ、あの……常盤さん？」

たぶん――常盤は今、義三郎に妬いているのだ。

鈍い紗和でも、常盤の打ちひしがれっぷりを見たら気づかずにはいられなかった。

とはいえ、理由がわかっても、なんと声をかけたらいいのかはわからない。

「ハァ。それだけじゃない……。義三郎には当たり前に笑いかけるのに、紗和は俺には滅多に愛らしい笑みを見せてくれない」

（そ、そうだっけ？）

紗和は思わず自問したが、これについても自覚はない。

「え、ええと。すみません、以後気をつけます」

「……気をつけなくてもいいよ。俺が紗和を笑顔にできないのが悪いんだ」

完全にいじけモードだ。

これには紗和も、苦笑いをこぼすしかなかった。

「妻を笑顔にできなければ、生きる意味がない」

「さすがにそれは、大袈裟では？」

紗和の返事を聞いた常盤は、柱に寄りかかったままで、恨めしそうに紗和を見つめた。

「好きな子が自分以外の男にばかりほほ笑みかけているのを見たら、生きたくなくなるのは当然だ」

やはり常盤は大袈裟だ——と、紗和は心の中で言い返したが、常盤が口にした〝好きな子〟が自分のことだと思うと、なにも言い返せなくなってしまった。

「ハァ。紗和に振り向いてもらうためにも器の大きな男でいたいのだが、紗和本人を前にすると、なかなかうまくはいかないものだな」

今度は反省モードに突入したらしい常盤の顔を、紗和はそっと覗き込んだ。

「あの、常盤さん。このタイミングでこんなことを聞くのはどうかとも思うんですが……」

「……なんだ？」

「そもそも、あやかしと人って結婚できるんでしょうか」

紗和はつい先ほど抱いた疑問を常盤に問いかけた。

すると、常盤はキョトンと目を丸くして、数秒間静止した。

「人同士だったら婚姻届を提出するとかあるとは思うんですけど。人とあやかしの結婚って、なにをもっていうんだろうって気になって……」

真面目な紗和の問いに、常盤は寄りかかっていた柱から、身体を離した。

そして自身の顎(あご)に手を添え、「ふむ」と小さく相槌を打った。

「基本的に人とあやかしの結婚は、本人同士の意思表示のみで済むものが多いかもしれないな」

「意思表示のみ？」

「ああ。……言い難いが、契りを交わしたことで〝結婚した〟と言うものが一番多いだろう。あとは、わかりやすく挙式をしたり、まぁいろいろと方法はある」

契り──の意味を考えた紗和は、思わず頬を赤く染めた。

そんな紗和を見た常盤は、反省モードから少しだけ回復したらしく、口端を上げた。

「紗和はしっくりきていないようだが、ちまたでは、人とあやかしや、人と神との結婚が流行っているらしいぞ」

「は、流行ってるんですか⁉」

「異類婚姻譚といって、一部の界隈では〝王道〟らしいな。だから俺は、紗和と結婚することについて疑問を持たずにいた」

そこまで言うと常盤は、また少し考える素振りを見せたあと、紗和へと真っすぐに目を向けた。

「だが、あらためて思うと……俺は別に、結婚という縛りに拘らなくともいいのかもしれない」

今時、結婚という形式自体に拘るのはナンセンスだというのが、常盤の認識のようだった。

（常盤さんって、意外に前衛的なんだなぁ）

紗和は感心した。しかし、そんなものは束の間の思い過ごしに過ぎなかった。

「そもそも俺は、紗和のすべてを手に入れられたらそれでいいんだ」

「……え？」

「紗和の目に映るものが俺だけになって、紗和には二十四時間、俺のことしか考えられなくなってほしい。そうなれば俺は別に、結婚に拘る必要はないとは思う」

そう言うと常盤は、紅く濡れた瞳を細めて、どす黒い笑みを浮かべた。

「十七年前からずっと、紗和は俺のものだ。絶対に誰にも渡さない」

常盤の長く骨ばった指が、紗和の輪郭を静かに撫でた。

今さらながらに常盤の重すぎる愛を知らされた紗和は青褪め、思わずゴクリと喉を鳴らした。

「……と、まぁ。冗談はさておき」

（冗談？　冗談には聞こえなかったんだけど）

「俺は、紗和の自由を奪いたくはない。だが、紗和を愛しているが故に、笑顔を向ける男がいたら妬いてしまう」

哀愁をまとって悩ましげな息をついた常盤は、まるで神が創った芸術品のように美しかった。

とんでもない美形が拗ねる様子は目にも心にも毒だ。

（自分から話を振っておいてなんだけど、このまま話し続けていたら、どんどん毒されていくような気がする）

「紗和、早く俺を好きになって」

「うっ。ぜ、善処します……」

「赤くなった紗和……！　破壊力がすごい……！」

また心臓を押さえた常盤が、後ろにフラリとよろめいた。

（なんなの、本当に……っ）

紗和の胸の鼓動は早鐘を打つように高鳴っている。

いたたまれなくなった紗和は、

「す、すみませんっ。私、これを片付けなきゃいけないので、失礼します！」

枯れた花を新聞紙に手早く包むと、逃げるようにその場から立ち去った。

けれどふと、後ろ髪を引かれるような思いがして、長い廊下を歩いた先で足を止めた。

振り返るとそこには、未だに紗和に熱い眼差しを送る常盤が立っていた。

紅く濡れた瞳にはいつだって、紗和だけが映されている。

紗和が振り返ったことが嬉しかったのか、常盤はニコニコしながらヒラヒラと手を振った。

紗和はあわててギュンッ！　と回れ右をすると、自身の胸に手を当てた。

（やっぱり私、変な毒がまわっちゃったのかもしれない……）

ドクンドクンと高鳴る鼓動音がうるさい。

ふたたび歩き出した紗和の顔は、夏のアスファルトのように熱かった。

＊　＊　＊

「皆々様、本日はお忙しい中お集まりいただきまして、誠にありがとうございます」

上座に座るスーツ姿の男性がお決まりの挨拶をしたあと、手にしたグラスを高く掲げた。

「え〜〜堅苦しい話は、さっさと終わりましょう。それでは、乾杯っ！」

夜の宴会は、ほぼ予定通りの時刻に始まった。

集まった十数人のあやかしたちは、小牧いわく、あやかし政界の未来を担うお偉いさんたちらしい。

『彼らは宴会のことを、〝意見交換会〟などと言っているようですよ』

つまり今晩ここで開かれている宴会も、大事な仕事の一環とでも言いたいのだろう。

（それにしてもみんな、揃いも揃って鉛色(なまり)だ）

紗和はお客様に見えない位置で、小さくため息をついた。

鉛(なまり)色はプライドが高く、自信過剰な人に多い色――

と、そこまで考えた紗和はハッとして、あわてて首を左右に振った。

また、つい癖で、勝手な先入観を持ってしまうところだった。

ここ最近の紗和は、共感覚に頼るのはやめようと足掻いているが、長い年月をかけて身についた癖はそう簡単には直りそうになく、苦戦中だ。

(とりあえず、少しずつ意識を変えていくところからだよね)

なにより、今は仕事に集中しなければ。気を取り直した紗和は、配膳を続けた。

――そうして、ほぼすべての客がお酒も入って上機嫌になったころ。

客のひとりである〝ある男〟の様子が、紗和の目に留まった。

(あれ?　あの人……)

男は宴会席の、一番端に座っていた。

実のところ、紗和は宴会が始まった当初から、その男のことが気になっていた。

気になっていたと言うと、やや語弊があるかもしれない。まさに〝目に留まった〟のだ。

なぜならその男だけが、〝鉛(なまり)色〟ではなかったから。

「あの、大丈夫ですか?」

料理を配膳しながら、紗和はさり気なく男に声をかけた。

すると男は青白い顔をゆっくりと上げて、

「……ご心配をおかけして申し訳ない。大丈夫なので、どうか放っておいてください」

と、明らかに大丈夫そうに見えない様子で答えた。

宴会に参加している客の中では、男の見た目は一番若いように見える。

こうした場ではあるあるかもしれないが、勧められるがままに酒を飲んだのだろうと想像できた。

(余計なことかもしれないけど、やっぱり放っておけないよね)

紗和は逡巡(しゅんじゅん)したのち、膳にのせていた未使用のグラスを手に取った。

そして水を注いで、男に差し出す。

「お節介でしたら申し訳ないのですが……。少し、お水を飲んで休まれたほうがいいかと思います」

「え……」

「もしも席を外すのが難しいようでしたら、しばらくの間、私がここにいて、あなたがお酒を飲んでいるふうに見えるように、カモフラージュでお相手をさせていただきますので」

この方法は先輩仲居である稲女から教わったものだ。

紗和の言葉を聞いた男は、戸惑いながら視線を外して俯いた。

けれどすぐに覚悟を決めた様子で顔を上げると、躊躇いがちに差し出されたグラスを受け取った。

（これは、了承を得たって解釈でいいよね？）

紗和は空の酒瓶を手に持つと、なるべく他の客から男が見えにくくなるよう、壁となって座り直した。

そして、いかにも〝お客様の酒の相手をする仲居〟を装い、ニッコリとほほ笑む。

「ありがとうございます。お客様とお話できるのは嬉しいです」

紗和の気遣いに気づいた男は、またそっと視線を下にそらしたあと、ため息をついた。

「……申し訳ない。正直なところ、だいぶ参っていたので助かりました」

ようやく素直になった男が水の入ったグラスに口をつける。

紗和は、ホッと息をついた。

（あやかしも、人付き合い——っていうか、あやかし付き合いは大変なんだな）

紗和が助けた男は、見た目は二十代半ばくらいの、スーツがよく似合うスマートな出で立ちをしていた。

そして、宴会中の他のあやかしたちとは違う、爽やかな浅葱色をまとっている。

浅葱色は、誠実な人に多い色だ。

正義感が強くて、真面目で義理堅くて……

亡くなった紗和の父がまとっていた、紗和の好きな色でもあった。

「ありがとう。キミのおかげで、不快感が落ち着いてきた気がするよ」

ゆっくりと時間をかけて水を喉の奥に流し込んだ男は、紗和を見てほほ笑んだ。

「これも仕事ですから」

紗和はあわてて首を横に振ると、そう言い添えておかわりの水をグラスに注いだ。

「僕はあやかし・八岐大蛇で、名を頼重という。幽世文部科学省で企画官をやっているんだが……キミは、あやかしではなく人だよね？」

浅葱色の男――もとい頼重に問われた紗和は、「はい」と遠慮がちに頷いた。

「キミは人なのに、どうしてここで働いているんだい？　……って、初対面でこんなことを聞くのは不躾だよな」

自分で言って自分にツッコミ、照れくさそうに笑った頼重は、ふたたびグラスに口をつけた。

（この人には、別に事情を話しても大丈夫な気がするけど）

お客様に身の上をペラペラ話すのもどうかと思うし、また安易に共感覚を信じて行動するのもよくないだろう。そう考えた紗和は結局、口を噤んだ。

「キミの名前を聞くのはいいかな？」

「あ、それは……もちろんです。私は、紗和と申します。ご推察の通り人でありながら、吾妻亭で仲居として働かせていただいております」

紗和が丁寧に答えると、頼重はそれ以上の詮索はせず、「そうか」とつぶやいてから頷いた。

「教えてくれてありがとう。紗和さんのおかげで、今日もどうにか苦手な宴会を乗り切れそうだ」

「頼重さんは、宴会が苦手なんですか？」

「ああ、すでにバレていると思うが酒にめっぽう弱くてね。今もビール二杯と日本酒一杯でこのざまだ、笑えるだろう？」

冗談めかした頼重は、恥じらいの赤が差した頬をかいた。

他のあやかし客にバレないように小声で話しているため、必然的に紗和と頼重の距離が近くなる。

傍から見ると、頼重が紗和を口説いているようにも見えるかもしれない。

「それにしても、吾妻亭の料理はどれもおいしいな」

「ありがとうございます。うちの花板に伝えたら、きっと喜ぶと思います」

「お～～いっ！　今日の料理を作ったものを、呼んでこいっ！」

そのとき、会場内に大きな声が響いた。

紗和が反射的に声がしたほうへと目を向けると、すっかりできあがった様子の客が、片手を挙げているのが見えた。

偶然そばにいた稲女が、相変わらずそつのない笑みを浮かべながら淡々と対応する。

「なにか、お気に召さないことがございましたでしょうか？」

「いやいや～、その逆だ！　今晩もうまい酒と肴でもてなしてくれたことへの礼を言いたくてな」

「そうですか。ありがとうございます。花板も喜ぶと思いますので、今呼んでまいりますね」

艶のある長い黒髪をなびかせながら、稲女は宴会場を出ていった。

そうして、しばらくもしないうちに客の要望通りに吾妻亭の花板――料理長の仙宗を連れて戻ってきた。

「お声掛けいただきまして、誠にありがとうございます。本日のお料理を作らせていただきました、料理長の仙宗と申します」

後ろには仙宗の愛弟子である義三郎が控えている。

ふたりは宴会場の入口に正座すると、お客様である面々に向かって頭を下げた。

仙宗の見た目は、七十代前半の無口で気難しそうな老人だ。

仕事中は白い和帽子に、襟と袖が紺色の七分袖の白い作務衣(さむえ)、白いスラックスに白い腰巻エプロンを着用している。

ＴＨＥ・職人らしい風体で、料理の腕は超一流。

(仙宗さんの料理目当てで吾妻亭に宿泊するあやかしがたくさんいるって、前に小牧さんが教えてくれたんだよね)

「いやはや、今日の料理もおいしくいただいておりますよ。特に野菜の使い方が見事ですなぁ」

「鎌倉野菜は味が濃いことで有名ですので、すべては食材の力でございます」

「ハハッ、相変わらず謙虚ですなぁ。仙宗殿は、たしか小豆洗い(あずきあら)でしたね？　邪血妖ならともかく……純血妖であるあなたが、どうしてこのような場所で料理長などやっておられるので？」

尋ねたのは仙宗を呼び出した客ではなく、別の酔っ払い客だった。

やや悪酔いをしているらしいその客を見て、思わず紗和の眉間にシワが寄った。

「小豆洗い(あずきあら)が料理とは、ある意味、性に合っているのですかねぇ～？」

「仰(おっしゃ)る通りでございます。自分は小豆(あずき)アレルギーな小豆洗い(あずきあら)でしてね。今はご縁あって吾妻亭でお世話になっておりますが、やりがいのある仕事を任せていただき、大変幸運なことだと感じております」

堂々と答えた仙宗は、凛として背筋を伸ばした。

絡んできた酔っ払い客は、仙宗の淀みない返事に面食らった様子で口ごもった。

「それでは、自分はこのあとのお料理の支度がございますので、これにて失礼させていただきます。皆様におかれましては、どうぞごゆっくりとお楽しみくださいませ」

それだけ言うと、仙宗はさっさと立ち上がった。

続いて愛弟子の義三郎も、仙宗を誇らしげに見つめながら立ち上がる。

そのままふたりは連れ立って、宴会場をあとにしようとしたのだが――

「すみません。仕事が長引いて、遅れてしまいました」

宴会場から出る直前、遅れてやってきた客のひとりと出くわして足を止めた。

品のいいダークグレーのスーツを着た、背が高い黒髪の色男だ。

その客はなぜか義三郎を見るなり、切れ長の目を見開いて立ち止まった。

「なんだ……。お前、どこかで見たことがある顔だと思ったら、出来損ないの義三郎じゃないか」

「ぎ、義一郎兄さん？　どうしてここに……」

どうやらふたりは知り合いのようだ。

けれど義三郎は義一郎と呼んだ男からすぐに目をそらすと、バツが悪そうに眉根を寄せた。

　そんな義三郎を見て、義一郎は呆れた様子でため息をつく。

「俺は今日、元政界妖であった爺様から仰せつかって、烏天狗族の代表として挨拶をするためにこちらに顔を出しに来たのだ」

　義三郎を見る義一郎の目には、蔑みが表れている。

　ふたりの様子を眺めていた紗和の心臓は、不穏な音を立て始めた。

「それよりも、お前こそなんだ。知らぬ間に家からいなくなったと思ったら、こんなところで働いていたのか。さすが、我が烏天狗族の面汚しだな」

　放たれた冷淡な言葉に、紗和の肌がゾクリと粟立った。

　紗和が恐怖を感じたのは、義一郎が放った痛烈な皮肉だけが理由ではない。

　義一郎が、まとう色――恐ろしいほど綺麗な濡羽色を視たせいだ。

　濡羽色はその名の通り、烏の羽が濡れたような艶のある黒のことをいう。

　力強く美しい色である反面、とても威圧感を覚える色でもあった。

（視ているだけで、胃が痛くなってくる……）

　紗和が濡羽色を視たのは過去数回。濡羽色の相手と関わったこともないはずだが、
　紗和はどうしてか、この色が苦手だった。

「おや、そちらの方は義一郎殿のご親族で？」

客のひとりが何気なく尋ねた。

すると義一郎は怯えた様子の義三郎を一瞥したあと、冷酷な笑みを浮かべた。

「ええ。お恥ずかしながら、愚弟でしてね。烏天狗族でありながら飛ぶことができない落ちこぼれで。落ちるところまで落ちて、現在は吾妻亭でご厄介になっているようだ」

義一郎の返答に義三郎は青褪め、拳を強く握りしめた。

落ちるところまで落ちてここに――とは、遠回しに吾妻亭のことまで貶している。

(さすがに今のは酷すぎる！)

たまりかねた紗和は、意を決して立ち上がった。

しかし、紗和が言葉を発するよりも先に顔を上げた義三郎が、

「そっ、そうなんですよ～！　聡明な兄たちと違って、出来損ないで有名な弟が僕でして！　へへッ、本当に申し訳ありません～」

と、ヘラヘラと戯けたように笑ってみせた。

紗和は開きかけた口を閉じて固まった。

締まりのない顔で笑い続ける義三郎を見て、紗和のそばにいる頼重以外の宴会客たちがクスクスと笑い始めた。

「なんとも、面白い弟さんですなぁ」

「へへッ、お褒めに与り光栄です～！　それでは皆様、引き続きご宴会をお楽しみください！」

大袈裟なほど深々とお辞儀をした義三郎は、そう言うとさっさと宴会場を去っていった。

隣で成り行きを見守っていた仙宗は、なんとも言えない表現で義一郎を一瞥すると、義三郎に続いてその場をあとにした。

「まったく。恥さらしもいいところだ。皆様、ご挨拶だけして帰るつもりが、場の空気を悪くしてしまい申し訳ない」

「義一郎さん、そう言わずに、せっかくの機会ですから我々と意見交換会をしませんか？」

「いえ、ですが……」

「そこの仲居！　ああ、そうそう、人であるお前だ。料理をもう一人前追加で、すぐに持ってきてくれ」

名指しされた紗和は頼重に頭を下げると宴会場を出て、義三郎と仙宗を追いかけるように厨房へと向かった。

けれど、厨房の前に着いてすぐ、

「――……馬鹿野郎‼」

中から仙宗の怒鳴り声が聞こえ、早めていた足を止めた。

直後、厨房から義三郎が出てきた。

義三郎は紗和と目が合うなり気まずそうに視線をそらし、そのまま逃げるようにその場から立ち去った。

（お、追いかけたほうがいいのかな？）

でも今は、仲居としての仕事を優先するべきだろう。

迷った末に、紗和は厨房に足を踏み入れた。

「す、すみません。宴会場のお客様に、お料理をもうひとり分追加でお願いしたいと頼まれました」

中に入ると、そこには顔を真っ赤にして怒る仙宗がいた。

仙宗がまとう煤色は、硬骨漢に見えて根は穏やかな人によく視る色だが、今の様子はお世辞にも穏やかとは言い難い。

「せ、仙宗さん？」

「……ああ、わかっとる。料理一人前、追加な」

それでも仙宗は、花板としてきちんと応えてくれた。

ホッとした紗和は先ほど厨房から出ていった義三郎のことを思い出し、もう一度口を開いた。

「あ、あの……。サブくんは、どこに行ったんでしょうか」

「あいつは逃げた」

「え？」

「あの、負け犬――いや、負け烏が」

驚く紗和に、仙宗は続けて自分が義三郎とどんなやり取りをしたかを説明してくれた。

「紗和嬢ちゃんが来るより先に、ワシは料理の追加を言われることを予想していてな」

義一郎は、烏天狗族の代表として挨拶しに来たと言ったが、周りに引き止められてすぐには帰らないだろう。ということは、食事もしていくと思われる。

だから、『兄貴に出す料理はお前が作れ』と、仙宗は義三郎に告げたらしい。

ところが義三郎は怖気づき、『オレには無理だ、できません』と拒んだのだという。

（なるほど。それで、あの〝馬鹿野郎!!〟が厨房から聞こえてきたってことか……）

「あの根性なしめ。あれだけ言いたい放題言われておきながら、〝なにクソ、見返してやろう〟って気にならんところがワシは気に食わん！」

そう言うと仙宗は、小鼻をふくらませて地団駄を踏んだ。

対する紗和は、義一郎がまとっていた濡羽色を思い出し、複雑な気持ちになった。

「でも、私は……サブくんの気持ちが、なんとなくわかるような気がします」

「あの馬鹿の気持ちがわかる？」

「は、はい。なんていうか、サブくんのお兄さんである義一郎さんには、相手を圧倒するというか、畏怖の念を呼び起こす凄みがある感じがして、正直、私も……」

〝怖かった〟、一言で言ってしまえばそれだ。

「あの人がお兄さんだったら、萎縮するなと言うほうが無理な気もします」

そこまで言うと、紗和は俯いた。

お客様に対して〝怖い〟と言うなど、阿波や稲女が聞いていたら紗和は厳しく注意を受けるだろう。

「す、すみません。サブくんの肩を持つようなことを言ってしまって」

紗和があわてて謝ると、仙宗は思うところがある様子で、短く息をついた。

「まぁ……烏天狗族は鎌倉幽世でも特に戒律に厳しく、伝統を重んじる一族として有名だからな。特にサブの兄貴は次期当主なだけあって妖力も抜群に高い。そういう意味では、紗和嬢ちゃんが怖いと感じるのは当然だ」

「そう、なんですね」

「逆にサブみたいなのは、兄貴からすれば異質に感じられるんだろう。サブのようにちゃらんぽらんでヘラヘラしている奴は、そりゃあ浮いていたはずだし色眼鏡で見られただろうよ」

　そこまで言うと仙宗は深くため息をつき、床に落ちていた義三郎のものらしき手ぬぐいを拾い上げた。

「紗和嬢ちゃん、すまないが、あの馬鹿の様子を見てきてくれないか」

「え……。は、はい。でも、サブくんは一体どこに行ってしまったんでしょうか？」

「たぶん、あいつは裏庭のコナラの木の上にいる。ヘマをすると決まってそこに行くからな。下から急に声をかけりゃ、驚いて落っこちてくるさ」

「裏庭のコナラの木の上に？」

　仙宗に言われて紗和が思い出したのは、吾妻亭の裏庭——従業員の住居棟に向かう道すがらに立っている、一本のコナラの木だった。

　まるで吾妻亭と住居棟を隔てる目印のように立つその木のことがなんとなく気になり、紗和は以前、小牧に尋ねたことがあった。

『あれはコナラの木で、秋になると大量のドングリを落とします』

『お客様が泊まっている吾妻亭から住居棟が見えないよう、目隠しの役割をしてくれているのですよ』

　そう教えてくれたのでよく覚えていた。

「紗和嬢ちゃんがサブを捜しに行ったこと、ワシから稲女に伝えておく。あいつをよろしく頼む」

それを聞いた紗和はほんの少し考えた末、連絡役として小栗を呼び出した。

「紗和しゃま、どうされましたかっ⁉」

「小栗くん、突然呼び出しちゃってごめんね。私はこれからサブくんを捜しに行くから、私の代わりに稲女さんのそばにいて、なにかあればすぐに知らせてほしいの」

「アイアイサーでしゅっ！」

そうして紗和は小栗を稲女のもとへと飛ばし、自分は厨房を出て裏庭にあるコナラの木のもとへと向かった。

行きがけの紗和は、本当にそんなところに義三郎がいるのか半信半疑であったが……

（嘘！　本当にいた！）

仙宗の予言通りにコナラの木の上にいる義三郎を発見したときには、軽く感動してしまった。

肝心の義三郎は、木の幹の上で器用に体育座りをしている。

背中に生えている小さな羽根は閉じられ、心ここにあらずという様子で表情は無。

紗和が近づいても、まるで気づく気配はなかった。

「サブくんっ！　そんなところにいたら危ないよ！」

コナラの木の真下に立った紗和は一度だけ息を吸い込むと、大きな声で義三郎に呼びかけた。

「ふえっ⁉　って……わ、わわっ⁉」

驚いた義三郎は、また仙宗の予想通りにコナラの木から落っこちそうになった。

「あ、危な……っ、さわっぺ、急に驚かさないでよ～」

しかし間一髪、幹にしがみついて事なきを得た。

それを見た紗和はホッとしたあと、もう一度大きく息を吸い込んだ。

「仙宗さんが、心配してたよ！　そんなところにいないで下りておいでよ！」

ところが説得に応じる気配のない義三郎は、猿のように木の幹にしがみついたままでプイッと顔を背けた。

「親方が心配してるって？　嘘はいいよ～。どうせ、あの馬鹿、根性なしって言ってたんでしょ」

「そ、それは……」

（う～ん。当たっているから、否定できない）

紗和は曖昧（あいまい）な笑みをこぼしながらも、地上から義三郎の説得を続けた。

「そもそも、サブくんは仕事中でしょ！　こんなところで油を売ってたら、仙宗さんだけじゃなくて小牧さんにも叱られちゃうよ！」

けれど、紗和がどれだけ声をかけても義三郎は下りてこなかった。

「さわっぺこそ、もうオレのことなんて放っておいて、早く自分の仕事に戻りなよ～」

もう、このままでは埒が明かない。

そう考えた紗和は、二股に分かれた太い木の幹に手をついた。

（かくなる上は……！）

覚悟を決めた紗和は、コナラの木の幹に足をかける。

そして無謀にも仲居着のまま、黙々と木を登り始めた。

「さ、さわっぺ、嘘でしょ⁉　ちょっと、危ないからやめなよ～！」

義三郎の制止を無視して、紗和はひたすらコナラの木を登り続けた。

「ふふっ。こう見えて、意外に木登りは得意なの」

そうして数分後、紗和は見事、義三郎のもとにたどり着いた。

「でも、木登りなんてしたの久々だから怖かったぁ」

これには義三郎も、開いた口が塞がらない様子でポカンとしていた。

「……さわっぺって、見かけによらず肝が据わってるんだね」

「ん～、そうかな？　でも、生活に困ったからって、あやかし専門宿で働いちゃうくらいだし、変わり者ではあると思う」

冗談めかして言った紗和を前に、義三郎は一瞬キョトンとしたあと力なく笑った。

「ハハッ。オレも、さわっぺみたいだったらよかったなぁ」

膝を抱える義三郎の大きな身体が、今はとても小さく見える。

「……サブくんは、お兄さんとはどういう関係なの？」

ひと呼吸置いてから、紗和は思い切って尋ねた。

すると義三郎はまた力なく笑ったあと、ぽつりぽつりと自分のことを話し始めた。

「オレたちの親父は、烏天狗（からすてんぐ）族の現当主でさ。オレは三番目の息子として生まれたんだけど、義一郎兄さんに言われた通りの出来損ないで……」

義三郎は烏天狗（からすてんぐ）なのに、生まれたときから空を飛ぶことができなかった。

それが理由で、ふたりの兄たちには幼いころから疎まれていたということだった。

「ガキのころは、それでも兄貴たちに追いつこうとオレなりに頑張ったんだよ。でも、ぶっちゃけ努力だけでどうにもならないこともあるっていうかさ。あ、これムリゲーだって、ある日、気づいちゃったんだ」

どんなに努力を重ねても空は飛べず、優秀な兄たちに追いつくどころか差は開いていくばかり。

結果として義三郎は、兄たちの背中を追いかけることをやめてしまった。

そこからは、先ほど義一郎が言っていた通り、落ちるところまで落ちていく日々。

義三郎は道化に徹して一族の笑い者になったが、周りにどう思われようとも、すべてがどうでもよくなっていたということだった。

「でも、ある日、気まぐれで来た鎌倉現世で、親方が作った料理を食べる機会があったんだ」

鎌倉幽世にいられなくなったあやかしたちが働く、あやかし専門の幽れ宿・吾妻亭。噂は聞いたことがあったので、興味本位で足を運んでみたらしい。

「その日はたまたま一部屋空いてて、泊めてもらえたんだよね。それでオレ、初めて親方の料理を食べて感動しちゃって。勢いのまま、弟子にしてくださいって頼み込んで、今に至るって感じなんだ」

当時を思い出したらしい義三郎は、照れくさそうに頬をかいて「へヘッ」と笑った。

その横顔は、紗和の目には物悲しそうにも映る。

「親方は、オレが作った料理を義一郎兄さんに出せって言うけどさ。正直、オレが作った料理なんて、義一郎兄さんは食べたくないだろうし。普通に無理でしょ」

義三郎の言葉を、紗和は肯定も否定もできなかった。

実際に、紗和も自分のことを蔑む人に、自分が作った料理を出せと言われても悩むだろう。

作ったところで食べてもらえっこない。どうせ、相手を余計に不快な気持ちにさせるだけだ――と。

「たしかに、サブくんの言う通りだよね。サブくんのお兄さんはきっと、サブくんの作った料理なんて食べたくないって思ってると思う」

紗和は思ったことを正直に口にした。

義三郎は驚いた様子で紗和を見たあと、またヘラリとした締まりのない笑みを浮かべた。

「やっぱ、さわっぺもそう思うよね〜」

「うん。でも……お兄さんの気持ちはそうだとしてもさ。サブくんは、どうなの？サブくんは、自分が作った料理をお兄さんに食べてほしいとは思わないの？」

「え？」

「だってサブくんの言い分は、〝お兄さんが嫌がるだろうから料理は作れない〟ってことでしょ。〝お兄さんに料理を作りたくない〟とは一度も言ってないからさ」

紗和の問いに、義三郎は面食らった顔をした。

そして、なにかを言いかけた口を閉じて、バツが悪そうに紗和から視線をそらした。

「もしも私が、サブくんくらいの料理の腕があったら……。相手さえ嫌じゃなければ、自分が作ったものを食べてみてほしいって思うと思う」

自分を嫌っている相手も、〝これを食べたら、少しは自分に対する見方を変えてくれるんじゃないか〟という希望を込めて。

「サブくんは本当に天狗なんだし、別に、天狗になってもいいんじゃないかな？」

「オレが、天狗になる……？」

「うん、〝思い上がっていい〟ってこと。だって実際に、サブくんが作るまかない、すごくおいしいもん。あれだけおいしい料理を作れたら、私なら天狗みたいに鼻高々になって、みんなに食べてほしいって思っちゃうよ」

そこまで言うと、紗和は花が咲いたように笑った。

実際、義三郎は仙宗の弟子として、十二分に働いていると吾妻亭内では評判なのだ。料理の腕も、すでに見習いの域は優に越えているとも言われている。

「で、でも……。そもそもオレは出来損ないの烏天狗だし、やっぱり天狗になるなんて無理だよ」

「え～？　ついこの間、出汁を取らせたら鎌倉現世一だって自分で言って、仙宗さんに調子に乗るなって叱られてたじゃない」

「あっ、あれは！　もちろん、冗談のつもりで——！」

口ごもった義三郎は、赤くなった頬を隠すように膝に顔を埋めた。

そんな義三郎を見て、紗和はまたそっとほほ笑む。

「いっそ、お兄さんをギャフンと言わせるくらいの気持ちで挑んでみたらどうかな？」

「ぎ、義一郎兄さんをギャフン⁉　ムリムリ！　さわっぺは、兄さんの怖さを知らないからそんなこと言えるんだよ～！」

パッ！　と顔を上げた義三郎が、全力で否定した。

「えー。私は、あのお兄さんがギャフンと言ってるところ、見てみたいけどなぁ。そしたら、お兄さんのこと……濡羽色を、怖いって思わなくなるかも」

「濡羽色？」

義三郎が首を傾げた。

紗和はあわてて「なんでもない」と言って曖昧に笑った。

「とにかく私は、サブくんの味方だから！」

そう言って紗和が義三郎の顔を覗き込むと、義三郎は頬をほんのりと赤く染め、紗和からフイッと顔をそらした。

「さわっぺは……本当に、オレにできると思う？」

ぽつりと蚊の鳴くような声で、義三郎が紗和に尋ねる。

「うん、できると思う！」

満面の笑みを浮かべた紗和は、力いっぱい頷いた。

頼りなく下げられていた義三郎の眉と肩が上がり、表情にはほんの少しの自信が戻る。

きっとまだ、不安のほうが大きいだろう。

それでも義三郎はゆっくりと顔を上げると、一度だけ大きく息を吸い込んだ。

「さわっぺがそう言うなら……オレ、やってみようかな」

飛ぶことのできない羽根を広げた義三郎が、膝の上で拳を強く握りしめた。

「うん！　そうと決まれば今すぐ厨房に戻ろう！　とりあえず、まずは木の下に下りるところから——って、ひゃあ⁉」

そのときだ。

身体の向きを変えようと動いた紗和が足を滑らせた。

「さわっぺ！」

義三郎はとっさに紗和に手を伸ばしたが、あと一歩届かずに空を切る。

次の瞬間、バランスを崩した紗和の身体がコナラの木から離れた。

（お、落ちる……！）

紗和は条件反射で目をつぶった。

ところが、そのまま落下すると思われた直後——

（えっ？）

突然、浮遊感を覚え、驚いた紗和は閉じたばかりの目を開けた。

「……俺のいないところで危ないことはするなと言っただろう？」

現れたのは、常盤だった。木から落ちた紗和は、空中で常盤に抱きかかえられていた。

予想外の事態に目を見張った紗和は、常盤の綺麗な顔を穴が開くほど見つめた。

「と、常盤、さん？　どうして――」

「ずっと陰から見守って……いや、偶然通りかかったら、紗和が木から落ちそうになっているのが見えたんだ。あのまま地面に落ちていたら、ケガをするところだったぞ」

驚く紗和を尻目に、常盤は眉根を寄せて、小さくため息をつく。

そして紗和を抱きかかえたまま、ふわりと着地すると、未だに戸惑っている紗和をゆっくりと地面におろした。

「さ、さわっぺ、大丈夫⁉」

続いて、あわてた義三郎もコナラの木から下りてきた。

常盤はそんな義三郎と紗和の間に立つと、不機嫌そうに義三郎を睨みつけた。

「義三郎。紗和との話が終わったなら、今すぐ持ち場に戻るといい」

突き放すような物言いに、鈍い義三郎もギクリと肩を強張(こわば)らせた。

「は、はいっ、すみません！　今すぐ戻ります！」

義三郎はそう言うと、常盤と紗和の横を足早に通り抜けた。

けれど、数歩先で足を止めると、不意に振り返った。

「さわっぺ、ほんとにありがとう！　オレ、頑張ってみるよ」

力強く言った義三郎を見て、紗和も胸の前で手を握りしめながら口を開いた。

「うんっ、応援してる！　お料理ができたら呼んでね。私がすぐに宴会場まで運ぶから！」

紗和の返事を聞いた義三郎は嬉しそうに手を振り、今度こそその場を去っていった。

残された紗和と常盤の間には気まずい沈黙が流れる。

紗和は後ろにいる常盤を振り返ることができなかった。

(で、でも、助けてもらったんだから、ちゃんとお礼を言わなきゃだよね)

「あ、あの。常盤さ——ん……っ⁉」

けれど、紗和が意を決して振り向こうとした瞬間、常盤が紗和を後ろから抱きしめた。

「と、常盤、さん？」

突然のことに動揺した紗和は身体を硬直させ、戸惑いの声を出した。

対して、紗和を抱きしめる常盤の腕は、ほんの少し震えていた。

高鳴る鼓動は紗和のものなのか、常盤のものなのかを聞き分けることはできない。

「……紗和にはどうせ、今の俺の気持ちなど、まるでわからないんだろう」

噛み付くような言葉を耳元で囁かれ、紗和の身体がピクリと跳ねた。

耳にかかった吐息が熱い。痛いくらいに抱きしめられているのに、なぜだかとても心地がよかった。

（なに、これ。変だよ……）

おかげで心拍数は上がるばかりだ。

紗和はフラフラと彷徨わせた手を、自分でも気づかぬうちに、自身を抱きしめる常盤の腕に添えていた。

「……紗和はズルいな。そうやってまた、俺の心を弄ぶんだ」

「も、弄んでなんて――」

とっさに反論した紗和が顔だけで振り返ると、迷子の子供のような瞳をした常盤と目が合ってドキリとした。

紅く濡れた瞳は紗和だけに向けられていて、見つめ合っているだけで、身も心も焼き尽くされてしまいそうだ。

「十七年……恋い焦がれ続けて、ようやく手を伸ばせば触れられるようになった。だが今は、どうしてか、見守り続けることしかできなかったときよりも、紗和を遠くに感じて、もどかしい」

懇願するように紡がれた常盤の言葉に、紗和の胸が切なさに襲われた。

「紗和の心が自分に向いていないことを思い知るたび、苦しくてたまらなくなる。それでも俺は紗和が欲しくて、愛おしくて、たまらない」

それはまるで、乾いた地面に根を張る樹木のように。水を求めて根を伸ばし続けても、一向に川にはたどり着けないようなもどかしさを、常盤はずっと抱えていた。

「なぁ、紗和。どうすれば紗和は俺を好きになる？　俺だけを見てくれる？」

いつの間にかどっぷりと夜に浸かった空には、白い月が浮かんでいた。

その、静かな月とは対照的な熱のこもった常盤の言葉に、紗和はめまいを覚えてクラクラした。

「常盤さん……。ごめんなさい、私……」

このままだと苦しくて、甘くて、熱くて溶けそう。

どうにか絞り出した声で続けるはずだった言葉は、気恥ずかしさに負けて口にできなかった。

対する常盤は、紗和が言った〝ごめんなさい〟という言葉に反応して、悲しげに眉根を寄せると、抱きしめる腕に込めていた力を抜いた。

「紗和の気持ちはわかった。しかし、それでも俺は紗和のことが――」

「紗和しゃま、稲女しゃまがお呼びでしゅ！」

と、そのときだ。ポンッ！　という音とともに、小栗が現れた。

ハッとして紗和が小栗のほうへと目を向けると、小栗は常盤に抱きしめられている紗和を見て、「ヒャ〜ッ！」と黄色い声をあげた。

「す、すみましぇん！　ラブラブ中でしゅか⁉」

そう言うと小栗は赤くなった顔を両手で覆った。

紗和からそっと腕を離した常盤は、「いや……」と答えて横を向く。

「そんなことはないよ」

常盤の様子と、その素っ気ない返事に、紗和は一瞬違和感を覚えた。

違和感だけじゃない。なぜか紗和の胸は、チクリと痛んだ。

（なんで今、胸が痛くなったりするの？）

紗和は思わず自問したが、たった今言われた言葉や、抱きしめられたことを思い出したら、それ以上は深く考えることができなくて……。

「お、小栗くん。稲女さんが呼んでるって、本当？」

結局、逃げるように、小栗に話を振った。

話を振られた小栗は顔を覆っていた手を離すと、「本当でしゅ！」と元気よく答えた。

「もう少ししたら締めのお料理を出す予定だから、そろそろ戻ってきてほしいと言っていましゅた！」

小栗は、紗和がなにかあったときのために連絡役として、稲女のところに飛ばしていた。

稲女から呼び出しがあったなら、紗和は今すぐ宴会場に戻らなければいけない。

「と、常盤さん、あの……」

「仕事中に引き留めてすまなかった。これでは吾妻亭の主人失格だな」

「え……」

また、素っ気なく言った常盤は、今度こそ紗和に背を向けた。

「さぁ、紗和。行っておいで」

「で、でも……」

「早く行かないと、稲女に怒られてしまうぞ」

それだけ言うと、常盤は紗和に背を向けたまま、宴会場とは逆方向に行ってしまう。

「紗和しゃま！　常盤しゃまの言う通り、早くしないと稲女しゃまに怒られてしまいましゅよ！」

「う、うん……。そうだよね」

紗和は離れていく常盤の背中から目をそらすと、後ろ髪を引かれる気持ちで宴会場に向かって歩き出した。

ズキン、ズキン、ズキン。

胸の痛みは大きくなるばかりだ。

（どうして……だろう）

結局、宴会場に着くまでの間、紗和の脳裏には常盤の後ろ姿が焼き付いていて、離れなかった。

＊　＊　＊

「紗和さん、どうかしたのかい？」

稲女に宴会場に呼び戻された紗和は、溜まりに溜まっていた配膳と片付け、そしてすっかりできあがってしまった客たちの相手に奔走した。

今はまた頼重から酒の相手をするフリのために呼ばれて、ひと息ついたところだ。

「紗和さん、僕の声は聞こえているかな？」

「え——……あっ、す、すみません！　お水のおかわりでしょうか？」

我に返った紗和があわてて水の入ったボトルに手を伸ばすと、頼重は、

「水は先ほどついでいただいたばかりだよ」

と答えて、困ったようにほほ笑んだ。

「なにか、考えごとをしているように見えたけど」

図星を指された紗和は顔色を青くして俯いた。

「し、仕事中に上の空になってしまい、本当に申し訳ありません」

「いやいや、それを言ったら僕だって、ここでは酒を飲むのが仕事なのに、さっきから水ばかり飲んでいるしね」

そう言う頼重の手には、紗和が用意した水入りの大酒瓶が握られていた。

「もしも悩みがあるのなら、僕でよければ話を聞くよ」

助けてもらったお礼に……と続けた頼重を前に、紗和は膝の上で握りしめた拳に力を込めた。

思い出すのは少し前に、頼重に問われた言葉だ。

『キミは人なのに、どうしてここで働いているんだい？』

（私は、どうして吾妻亭で仲居として働いているの？）

それは、無職の家なしだったので、ここで働くことは好都合だと感じたから。

同時に紗和は、一年というお試し期間中に、常盤にされたプロポーズの返事を考えなければならなかった。

吾妻亭で働く前は、一年というお試し期間が終われば、後腐れなく常盤とも吾妻亭とも離れられると思っていた。

常盤との結婚だって、絶対にありえないと思っていたのに。

「紗和さん？」

「す、すみません。私……ちょっと厨房のほうに呼ばれていたことを思い出したので、席を外させていただきますね。なにかありましたら、代わりのものにお申し付けください」

　このままでは仕事に集中できそうにないと感じた紗和は、頼重にそう言って席を立った。

　一度、頭を冷やしてこよう。

紗和は本当に宴会場を出ると、扉から少し離れたところで足を止めて、深く重いため息をついた。

「さわっぺ！」

そのとき、義三郎に呼ばれた。

振り向くと料理がのった膳を手にした、義三郎と目が合った。

「ちょうど今、締めの料理ができたから宴会場に運ぶところだったんだ！」

その締めの料理は、義三郎が担当したらしい。

「呼んでくれたら、私が厨房まで取りに行ったのに！」

「いや……これは、自分で運んできたかったんだよね。さわっぺ、さっきはホントにありがとね」

義三郎の目は、先ほどの弱気な様子が嘘のように強い決意に満ちていた。

そんな義三郎のあとに続いて、仙宗もやってきた。

紗和と目が合った仙宗は、「紗和嬢ちゃん、面倒かけたな」と言うと、ニコリと笑った。

(なんだか、さっきとは立場が逆転したみたい)

今は先ほどの義三郎のように、紗和の気持ちが沈んでいる。

「ねぇ、さわっぺ。お願いがあるんだけどさ」

と、不意に義三郎が、困った様子で笑みをこぼした。

「どうしたの?」

「実はまだ、ちょっと不安で……。兄さんに料理を出し終えるまで、俺のそばにいてくれない?」

思いがけない義三郎の言葉に、紗和は一瞬、キョトンと目を丸くした。

けれどすぐに拳を握りしめると、「わかった」と言って、力強く頷いた。

「さわっぺ、ありがとう~!」

「ったく、情けないったらありゃしねぇ」

毒を吐いたのは仙宗だ。

しかし義三郎を見る仙宗の目は、実の息子の成長を見守る父のように温かかった。

「よし、それじゃあ、兄さんをギャフンと言わせに行こう！」

調子のいい義三郎に続いて、紗和も歩き出す。

そのまま紗和は義三郎と仙宗とともに、宴会場へと戻った。

「失礼します。お待たせいたしました。本日の締めとなるお料理を、お持ちいたしました」

宴会場に着くと稲女だけではなく、仲居頭である阿波も援軍として配膳を手伝いに来ていた。

義三郎の姿を見た義一郎があからさまに眉根を寄せたが、吾妻亭の面々は淡々と業務をこなした。

そしてすべての料理を配膳し終えると、義三郎は下手にそっと正座した。

「今、皆様の前にお運びした料理は、鎌倉野菜と鯛の出汁茶漬けになります」

「鎌倉野菜と鯛の出汁茶漬け？」

「はい。僭越ながらこちらの料理は、吾妻亭の料理長・仙宗の一番弟子であるわたくし義三郎が作らせていただきました」

「……なんだと？」

眉間のシワを一層深くして、低く唸るような声を出したのは義一郎だ。

「馬鹿馬鹿しい。お前のような出来損ないが作った料理など、食えたものではない。せっかく、ここまで出された料理はいい味だったのに、最後の最後に台なしだな」

義一郎は義三郎を嘲（あざけ）り笑うと、見下すように顎（あご）を上げた。

宴会客たちもざわめき立って、なんとも言えない様子で運ばれてきた料理を見ていた。

誰も、料理に箸をつけようとしない。

一連の動向を、義三郎は悔しそうに眺めたあと、膝の上で拳を強く握りしめた。

「やはり、お荷物はどこに行っても同じだな。お前はみっともなく道化をしているのが一番似合う」

また、吐き捨てるように言ったのは義一郎だ。

宴会場の空気はさらに重くなり、紗和も思わず自身の膝の上に置いた手に力をこめた。

「皆様、せっかくの宴に愚弟が水を差すようなことをして申し訳ない。締めの料理は、自分から料理長に頼んで別のものを用意させますので――」

けれど、また居丈高（いたけだか）に義一郎がそう言った瞬間、

「うまいっ！」

突然、部屋の中に凛とした声が響き渡った。

驚いた一同が声のしたほうへと目を向けると、そこには箸と椀を手にした頼重がいた。

「皆さん、これ、すごくおいしいですよ！」

そう言うと頼重は、瞳を爛々と輝かせた。

「ええと、義三郎さん……でしたか。こちらの料理は、鎌倉野菜と鯛の出汁茶漬けと言いましたね？　いやはや、これは大変においしいです。こんなにうまい茶漬けを食べたのは、生まれて初めてですよ！」

清廉な浅葱色をまとう頼重は、そう言うとたった今運ばれてきたばかりの出汁茶漬けを、本当においしそうに口に運んだ。

「本来であれば脇役であろう野菜の味がとても濃い！　主役であるはずの鯛に負けていないところに、感動を覚えてしまう！」

大絶賛だ。

頼重の言葉を聞いた義三郎は、ポカンと口を開けて固まっている。

「ああ、うまい。本当にうまいなぁ」

箸を休める気配のない頼重を見た宴会客たちが、ゴクリと喉を鳴らしたのがわかった。

それを見ていた義一郎だけが、苦々しげに顔を歪めて臍をかんだ。

「あっさりしているのに、身体に深く染み渡るような味で、これを食べたら明日からも元気に仕事ができそうです！」

〝おかわり！〟と、言葉が続きそうな勢いだった。

料理の感想を聞いた義三郎はふたたび笑顔を取り戻すと、今度こそ覚悟を決めた様子で息を吸い込み、背筋を伸ばした。

「鎌倉野菜は味が濃くて、品質も高いと評判なんです！」

スッキリと透る声に、もう迷いは感じられない。

「茶漬けの出汁(だし)は昆布の一番出汁(だし)を使いました。さらに、鯛(たい)は縁起物(えんぎもの)と言われてますから、あやかし政界の未来を担う皆様にはピッタリの素材だと思い、選ばせていただきました！」

「それは大変嬉しいお話ですね」

義三郎の説明を聞いた頼重はそう答えたあと、顔をほころばせた。

「皆さんも、温かいうちに召し上がったほうがいいですよ。……義一郎殿も。本日の締めとしては最高の一品です。私が保証しますよ」

頼重に背中を押された宴会客たちは、義一郎の顔色を窺(うかが)いながらも、箸と椀を手に取った。

「よ、頼重の言う通り、せっかく出していただいたお料理を残すのはもったいないですしなぁ」

「舌が肥えている頼重がうまいと言うのであれば、きっと間違いないでしょう」

宴会客たちはそれぞれに言い訳じみたことを口にしながら、我先にと出汁茶漬けを頬張った。

「これは――うまいっ！」

「たしかに頼重の言う通りじゃ！」

「出汁が鼻から抜けて、後味もたまらん！　これなら何杯でも食べられるぞ！」

宴会客たちは、すっかり義三郎の出汁茶漬けの虜になった。

その様子を見ていた紗和の顔も、思わずほころぶ。

(残るは――)

義一郎、ただひとりだ。

その義一郎も、元政界妖である祖父の遣いとしてこの場にやってきた以上、現・幽世文部科学省で働いている頼重の言葉を無下にはできなかったようで……

「チッ、くそっ」

苦虫を噛みつぶしたような顔をして舌を打ったあと、膳の上にのっている箸と椀を手に取った。

そして義三郎や吾妻亭の面々が見守る中、不本意そうに出汁茶漬けを口に運んだ。

すると次の瞬間、義一郎がカッ！　と目を見開いた。

「…………うまい」

たまらずといった様子で、義一郎がつぶやいた。

けれど、すぐに自分が口にした言葉を後悔したのか、箸と椀を置いてしまった。

結局、義一郎はそのあと箸を持たなかった。

たった一口——……されど一口だ。

「お褒めに与り光栄です！」

精いっぱいの声を張り上げた義三郎は、目に浮かんだ涙を隠すように、畳に額をこすりつけた。

義三郎のまとう黄金色が、より一層、まぶしく輝いて見える。

紗和の胸は熱くなり、自然と目には涙が滲んだ。

「別に俺は、貴様を褒めたつもりはない」

「はい、わかっています。義一郎兄さん」

「……チッ。いつまでもそうしていられると目障りだ。早く席を外せ」

「へへッ、すみません」

義三郎が次に顔を上げたときには、もういつも通りの太陽のような笑みを浮かべていた。

そのやり取りを見ていた紗和は、ふと、頼重に目を向けた。

頼重と紗和の視線が引き寄せられるように絡まる。

紗和がとっさに〝ありがとうございました〟という意味を込めて会釈をすると、頼重は少しだけ照れくさそうに頬をかいた。

「それでは皆様ごゆるりと、幽れ宿・吾妻亭での時間をお楽しみくださいませ」

ふたたび義三郎が、凛とした声を響かせる。

真っすぐに前を向いて歩き出した義三郎を見た紗和は、とても誇らしい気持ちになった。

＊　＊　＊

「さわっぺ、今日は本当にありがとね」

その晩、宴会場で後片付けをしていた紗和のもとを、一足先に厨房での仕事を終えた義三郎が訪ねてきた。

「ううん、私は……大したことはしてないよ」

「なに言ってんのさ！　さわっぺのおかげで、オレはあの怖い義一郎兄さんに挑む勇気を持てたんだよ⁉」

紗和がいなければ、未だにコナラの木の上でいじけていた——と言葉を続けた義三郎は、面白おかしくおどけてみせた。

「今度さ、今日のお礼にスイーツをご馳走させてよ」

「えっ、もしかしてサブくんが作ってくれるの？」

「もちろん！　さわっぺが好きなもの、なんでも作るよ～！」

まるで遊びの約束を交わすように、ふたりは声を弾ませた。

「ちょっと、義三郎。あんた、紗和は一応、常盤様の仮花嫁だってこと忘れてないでしょうね」

と、そこに割って入ったのは稲女だ。

稲女に睨まれた義三郎は、「へぇっ⁉」と、気の抜けた声を出して目を丸くした。

「い、いやいや！　オレ、そういうつもりじゃないよ！　なんていうかさわっぺは、かわいい妹みたいな感じっていうかさ」

「じゃあ、あんたは今日、妹に励まされたの？　情けないわね～」

「う……っ。べ、別に、妹に励まされる兄ちゃんがいたっていいじゃんか。稲女さんは、オレに厳しすぎるよ～」

痛いところをつかれた義三郎は、続けて「そういえば親方に呼ばれてたんだった～」とホラを吹くと、逃げるようにその場から立ち去った。

紗和は微妙な表情を浮かべながら、義三郎の背中を見送った。

「それで紗和、あんたはなにかあったの？」

そんな紗和の核心をついたのは稲女だ。

ビクリと肩を揺らした紗和は、電池切れ寸前のロボットのように、ギギギと稲女のほうに振り向いた。

「な、なにかとは……？」

「はいはい、隠そうとしても無駄よ。だってあんた、義三郎を捜し終えて宴会場に戻ってきたあたりから、あきらかに様子が変だったでしょうよ」

名探偵すぎる。紗和は稲女から、わかりやすく目をそらした。

そんな紗和を見て、稲女は呆れた様子でため息をつく。

「大方、原因は常盤様だろうなっていうのはわかるけど。もしかして、あんたがあの客といい雰囲気になってたせいで、揉めたりしたの？」

「あの客？」

「義三郎を助けた、幽世文部科学省の男よ。あんたたちが最後に仲良さげに話してたの、アタシ、ばっちり見てたからね」

稲女に言われて紗和が思い出したのは、頼重のことだった。

頼重は明日、朝早くから予定があるとかで、今日は吾妻亭に宿泊せずに帰っていった。

『近々、泊まりに来ます。そのときはぜひ、紗和さんに客室係を担当していただけたら嬉しいです』

帰り際にそう言った頼重は、最後まで好印象かつスマートな紳士だった。

「よ、頼重さんとは、なにもないです！　頼重さんは、人である私が吾妻亭で仲居をしていることに興味を持って、ああいうふうにお声がけくださっただけだと思いますし」

「ふ〜〜〜ん……」

疑いの目を向けられた紗和は、再度念を押すように「本当に、なにもありませんから！」と言って、腰巻エプロンをギュッと掴んだ。

「まぁでも、しょうがないわよね」

「しょうがない……？」

「でしょ。だって、あんたが誰に恋をしようとも、誰にも止める権利はないもの」

そう言うと稲女は、窓の外に浮かぶ月を見上げた。

稲女の視線を追いかけた紗和の目にも、白い月の光が映り込む。

「あんたは一応、常盤様の仮花嫁ってことになってるけどさ。そうなったのは、あんたじゃなくて、常盤様を含む吾妻亭（こちら）の一方的な都合だし。あんたからすれば、はた迷惑な話よね」

「そ、それは……」

「たとえ常盤様が、長期間、あんたを想い続けてきてたとしてもさ。あんたは常盤様のことをなにも覚えてないわけだし、いろいろと複雑な気持ちになって当然よ」

そこまで言うと稲女は長いまつ毛を静かに伏せた。

そして、片付けの過程で部屋の隅に集めておいた空瓶を、用意していた籠の中へと収めていく。

「アタシ的には、もしもあんたが本当に常盤様の花嫁になるなら喜ばしいことだけど……。そもそもあんたは人だし、こっちの世界に来る覚悟なんて簡単に決まるわけないわ」

すべての空瓶を籠の中に入れ終えた稲女は、籠を持ってゆっくりと立ち上がった。

そして、不意に紗和に目を向けると、苦々しい笑みを浮かべる。

「好きでもない相手に言い寄られるのって、意外にしんどかったりするわよね。相手の気持ちが真剣であればあるほどさ。気持ちは有り難（がた）いって思う反面……罪悪感で苦しくなるのよね」

そう言うと稲女は、「じゃあ、アタシはこれを置きに行ってくるから」と続けて、宴会場をあとにした。

その場にひとり残された紗和は、思わず下唇を噛みしめて俯いた。

『なぁ、紗和。どうすれば紗和は俺を好きになる？　俺だけを見てくれる？』

紗和の脳裏にまた、常盤の切なげな声と表情が蘇る。

常盤のことを考えれば考えるほど、胸が苦しくなって、たまらない気持ちになるのだ。

（でも今、私がこんな気持ちになるのは、常盤さんに対して罪悪感を抱いているからなの――？）

〝相手の気持ちが真剣であればあるほど、気持ちは有り難いって思う反面、罪悪感で苦しくなる〟

たった今、稲女に言われた言葉を心の中で反すうした紗和は、胸元で握りしめた手に力をこめた。

……わからない。

紗和は今まで、こんなふうに誰かを想って苦しくなったことはなかったから。

胸がギュウッと締め付けられて、もどかしくてたまらない。

理由はないのに全速力で走り出したくなるような、こんな気持ちは……

今まで一度も、経験したことがなかった。

「ハァ……」

ため息をついた紗和は、もう一度、夜空に浮かぶ月を見上げた。

もしも本当に、胸が苦しくなる原因が、常盤に対する罪悪感のせいだとしたら？

（常盤さんの気持ちに応えられないのなら、私は今すぐにでもここを出ていくべきなんじゃないかな？）

そう考えた紗和の目には、なぜか涙が滲んだ。

鼻の奥がツンと痛んで、唇がわずかに震える。

いつの間にか夜空に浮かぶ月は雲で隠され、見えなくなっていた。

五泊目　雪女の想い人と河童の夫婦喧嘩

「雨もいいけど、やっぱり晴れると気持ちがいいなぁ」

吾妻亭の花手水が、紫陽花で彩られる季節になった。

気がつけば、紗和が吾妻亭に来てから二ヶ月半が過ぎようとしていた。

朝から玄関前を竹箒で掃いていた紗和は、長雨に洗われた太陽が水たまりに反射しているのを見て顔をほころばせた。

梅雨入りした鎌倉の町は、紫陽花目当ての行楽客で賑わっている。

吾妻亭も、鎌倉観光の折に泊まりに来るあやかしたちで多忙を極めていた。

「紗和、おはよう。今日も朝早くから精が出るな」

黙々と掃き掃除をしていた紗和のもとに、常盤がふらりとやってきた。

夜めいた色気を放つ美男と、朝の光の対比がまぶしい。

ドキリとした紗和はとっさに常盤から視線を外すと、箒の柄を持つ手に力を込めた。

「……おはようございます。常盤さんも、朝早くからご苦労様です」

我ながら、素っ気ない返事だと思う。

常盤に背を向けた紗和は、思わず心の中でため息をついた。

紗和は、あの日――……。義三郎をコナラの木の上で説得した日以降、常盤の目を見て話すことができなくなってしまった。

原因は、正直なところ不明だ。

常盤の想いに応えられないことを心苦しく思っているからという説が有力ではあるが、未だに断定はできずにいる。

「紗和のおかげで、玄関前が輝いているな」

対する常盤はといえば、あの日に見せた切なげな表情が嘘のように、通常運転に戻っていた。

ただ……一点。明確に変わったこともある。

「では、忙しいところ、邪魔して悪かった。今日も一日、よろしく頼む」

そう言うと常盤は踵を返して紗和に背を向けた。

紗和は反射的に振り向いたが、常盤は紗和を振り返ることなく行ってしまった。

(たった今、来たばかりなのに……)

ひとりになった紗和は、また箒（ほうき）を持つ手に力を込めた。

――常盤はあの日を境に、紗和に指一本触れなくなった。

紗和がそれに気がついたのは、三週間ほど前のこと。

常盤と小牧と紗和の三人で、話をしていたときのことだ。

紗和の頭の上に、風に吹かれて落ちてきた緑の葉がのった。

いち早く気づいたのは常盤で、常盤は葉を取ろうと手を伸ばしたのだが、既のところで止めると、

『紗和、頭に葉がのっているぞ』

と紗和に告げ、わざとらしく目をそらした。

これには一緒にいた小牧も違和感を覚えたようで、訝しげな顔をした。

それからというもの、紗和は常盤の動向を注視するようになってしまった。

おかげで常盤が、自分にまったく触れてこないことに気がついたのだ。

(その上、日を追うごとに会話も減っていっているような気がするし)

ここ数日は、今のように必要最低限の会話しかしていない。

あらためて常盤が消えたほうを見た紗和は、もう何度めかもわからないため息をついた。

(やっぱり……私はこのまま、ここにいたらいけない気がする)

紗和の足元を、初夏の風が吹き抜けた。

今の紗和は好意に甘えて、常盤を利用しているようなものだ。傍から見れば、ただのズルい女でしかない。

（もうこれ以上、常盤さんのことを傷つけたくないし）

あの日、コナラの木の下で交わした会話と、常盤の切なげな表情を思い出すたびに苦しくなる。

稲女が言っていたように、今、自分が常盤に対して抱いている気持ちが罪悪感であるのなら、自分はこの瞬間も、常盤を傷つけ続けている……と、紗和は自分のことをずっと責めていた。

（ただ、現実問題、ここを出たあとどうするかってこともあるんだよね）

鎌倉の実家は、少し前に取り壊されてしまったはずだ。

そうなると今度こそ、紗和は静岡の叔母（おば）の家に帰るしかなかった。

紗和は吾妻亭で働きながら、定期的に叔母（おば）には【元気に働いているよ】という嘘の連絡を入れていた。

本当は無職の家なしであることを告げたら、叔母（おば）の静子を落胆させてしまうだろう。

（あとは……小牧さんが最初に言っていたことも、ちょっと引っかかっているんだよね）

『仮に、紗和さんが誘いを断ってここを出ていったとしても、常盤様は紗和さんのことを諦めませんよ』

『紗和さんが今、どんな選択をしたとしても、このままだと一生涯にわたって常盤様にストーキングされ続けるかと』

　常盤の右腕でもある小牧の見解通りなら、結局紗和が吾妻亭を出ても出なくても、常盤を傷つけることになる。

（ハァ。もう本当に、どうすればいいんだろう）

　大きなため息をついた紗和は、竹箒に体重をかけるように項垂れた。

「──紗和。竹箒をそんなふうに扱ったら、壊れてしまうよ」

　そのとき、背後からハスキーな声が聞こえて、紗和はハッとして振り向いた。

　紗和に声をかけたのは仲居頭である阿波だ。

　阿波を見た紗和はあわてて姿勢を正すと、竹箒を持ち直した。

「す、すみません！　以後、気をつけます」

　紗和が謝ると、阿波は小さく頷いてから紗和のそばまで歩いてきた。

「本日、おひとりでいらっしゃる雪女の小雪様。紗和がひとりで担当しなさい」

「え……私ひとりで、ですか？」

　予想外の話に、紗和は目を大きく見開いた。

　これまでは、常に教育係である稲女とともにお客様の担当についてきた。

　それをひとりで対応しろということは……

（つまり、今日から独り立ちしろってことだよね？）

「紗和、わかったね？」

「わ、私ひとりで、大丈夫でしょうか」

つい弱気になった紗和は、竹箒（たけぼうき）の柄を強く握りしめて俯（うつむ）いた。

そんな紗和を見た阿波は、「ふぅ」と短い息をつく。

「それなら紗和は、これからもずっと、稲女に自分のフォローをさせるつもりかい？」

「い、いえっ、そういうわけではなく！　ただ、私がなにかミスをして、お客様にご迷惑をおかけしたら吾妻亭の評判を落とすことになりかねませんし……」

情けない。そもそもミスをしなければいいだけの話だ。今、口にしたのはただの言い訳に過ぎない。

阿波の言う通り、紗和がいつまでも新人気分でいたら、教育係である稲女の負担は一向になくならない。

「本当にすみません……」

自分が口走ったことを恥じた紗和は、俯（うつむ）いたまま顔を青くした。

「まぁ、紗和が不安になる気持ちもわからないでもないけどね。そもそも、ミスをするしない以前の問題なんじゃないかい？」

「え……」

「紗和は本当に、吾妻亭で仲居を続けていきたいと思っているのか、ってことだよ。

お試し期間が終わり次第ここを去るつもりなら、別に独り立ちする必要もないしね」

核心をついた質問に驚いた紗和は、弾かれたように顔を上げた。

阿波のすべてを見透かしたかのような眼差しに射抜かれ、息を呑んだあと下唇を噛みしめた。

「もしも紗和が、ここにいることは本意ではないと思うのであれば、お試し期間がどうとか関係なく、さっさとここを去るのもひとつの手だよ」

——自分は、このままここにいてもいいのだろうか。

そんな紗和の迷いはすべて、阿波には見抜かれているようだった。

「最初に言った通り、常盤様の奥方になるということは、吾妻亭の女将(おかみ)になるということだ。もしも紗和が、どう転んでもその覚悟だけは持てそうにないと思うのならば、早いうちに元の世界に戻ったほうがいい」

厳しくも温かい、阿波なりに紗和を思って告げた言葉だった。

「でも、私がここを出ていったら、常盤さんの気持ちは……」

常盤の紗和に対する気持ちはどうなるのか。

また視線を下に落とした紗和は言いかけた言葉を止めると、石畳の上に立つ自分の足元を見つめた。

(私ってば、さっきから言い訳ばかりだ)

結局、自分がどうしたいかということが一番大切なのに。

義三郎のことに悩む義三郎に偉そうなことを言っておいて、いざ自分が同じ立場になったら答えを出せずにウジウジと悩んでいる。

こんなふうに悩むくらいなら、いっそ、今阿波が言った通り、元の世界に戻ったほうがいい。

そこまで考えたところで、紗和の胸は悲鳴をあげるように酷く痛んだ。

なぜ、今、こんなにも胸が痛むのか。

紗和はその答えを捜して、もうずっと同じところをグルグルと回っている。

「ふぅ。ちょっと、厳しいことを言いすぎたね。そもそも、こうなった原因は紗和というより、常盤様にあるというのにね」

紗和が青褪めていることに気づいた阿波は、悩ましげな息をついて目を閉じた。

「本当に困ったものだよ。紗和という想い人がいなければ、常盤様の縁談など今日明日にも決まって、紗和が悩む必要もないのに」

「…………え？」

次の瞬間、思いもよらない言葉が聞こえて、紗和は驚いた様子で顔を上げた。

紗和は瞬きをするのも忘れて、穴が開くほど阿波を見つめた。

視線に気づいた阿波は閉じていた目を開くと、〝どうして不思議そうな顔をしているんだ〟と言いたげに紗和を見て首を傾げた。

「あ、あの。常盤さんの縁談が、今日明日にも決まるっていうのは……？」

「おや。そんなことに驚いていたのかい。常盤様には日常的に縁談の話が舞い込んでいるのだから当然だろう？」

「縁談が、日常的に舞い込んでいる？」

「ああ。だって、あの美貌と外面……いや、人当たりのよさだからね。常盤様を自分のものにしたいと思う女たちがわらわらと寄ってくるのは必然だろう」

阿波の言葉を聞いた紗和は、自身の身体の中を冷水が流れていくような感覚がした。

（考えてみれば……そう、だよね）

男性の稲女も常盤を慕っていたし、あれだけの美男であれば相手に困らないのが普通だ。

「もしかしたら、紗和は知らないのかもしれないがね。常盤様は鎌倉現世に住む、ほぼすべてのあやかしたちに慕われているんだよ」

阿波の話はこうだ。

常盤は吾妻亭の主人をしているだけでなく、実は裏では鎌倉現世に住むあやかしたちが住みやすいように、働き口や住居の手配なども行っているらしい。

さらに常盤は、紗和と同じような〝視(み)える人〟を通じて、人とあやかしとの橋渡し役も担っているということだった。

「ぜ、全然知りませんでした……」

二ヶ月半も吾妻亭にいたのに。

しかし、言われてみれば常盤はしょっちゅう、吾妻亭の外に出掛けていた。

「鎌倉幽世で偉そうにしている純血妖どもが、鎌倉現世に住むあやかしたちに手を出せないのも、邪血妖でありながら強大な妖力を持つ常盤様がいるからさ」

純血妖は邪血妖を蔑み、迫害する――

それは以前にも聞いた話だが、吾妻亭を訪れるあやかしたちからはそのような気配を感じたことがなかったので、紗和は未だに信じられずにいた。

(だけど、サブくんのお兄さんの義一郎さんは、ちょっとそれっぽい感じはあったよね)

あと、そのときにいた宴会客の中にも、吾妻亭で働く従業員を下に見ているようなあやかしはいた。

今の阿波の話が本当であれば、常盤の存在がそういう純血妖たちをこの場所から遠ざけ、鎌倉現世と鎌倉幽世というふたつの世界の均衡を保っているということになる。

「そんな常盤様に憧れるだけでなく、恋い焦がれる者たちが多くいるのは、ごく自然のことだろう？」

尋ねられた紗和は頷くことはしなかったが、無言で肯定を示した。

「常盤様は、邪血妖を蔑んでいるはずの純血妖にも一目置かれていて、身分の高い純血妖の娘御にも求婚されているほどだからね」

さも当然のことのように言ってのけた阿波は、チラリと紗和の様子を窺った。

対する紗和はといえば、阿波の視線に気づく気配はなく、思い悩んで固まっている。

(なんだろう。なんて言ったらいいかわからないけど、すごく心がモヤモヤする)

「まぁ、そういうわけだからさ。紗和は常盤様の奥方になることについて、そこまで真剣に悩む必要はないってことだよ」

悶々としている紗和を追い詰めるかのように、阿波がそう告げて口端を上げた。

「もしも紗和が常盤様を選ばなかったとしても、失恋した常盤様を慰め、奥方になりたいと思う女は掃いて捨てるほどいるから、安心して元の生活に戻ればいいさ」

それだけ言うと、阿波は紗和に背を向けた。

そして数歩進んでから足を止めると、笑みを浮かべたまま振り返った。

「ああ、そうだ。先ほど言った、雪女の小雪様。やっぱり紗和が担当しな。私から稲女にそのように伝えておくからね」

阿波は念を押すように言い添えて、今度こそ去っていった。

残された紗和は竹箒を両手で掴んだまま眉間に深くシワを寄せると、しばらくそこから動けなかった。

理由はわからないが、紗和は今、苛々している。

心の中に黒い靄が広がっているようだ。

常盤の顔を思い浮かべると、なぜかそのモヤモヤとイライラの量が増し、自然と表情が無になった。

「もう……考えるのはやめよう」

スンと澄まし顔で言った紗和は、竹箒を握り直すと集めた葉や砂を、さっさとチリトリに集めた。

そして掃除道具を片付けて、吾妻亭に足を向けたのだが——

ズンズンと歩く紗和の歩幅は、いつもよりも大きくて乱雑だった。

「いらっしゃいませ。本日は吾妻亭に、ようこそお越しくださいました」

その日の午後、予定通りの時刻に雪女の小雪が吾妻亭にやってきた。

担当を任された紗和は、玄関前で小雪を出迎え、緊張しながら荷物を受け取った。

「本日はお世話になります。私は小雪と申します」

そう言って柔らかにほほ笑んだ小雪は、その名の通り雪のように白い肌が印象的な、とても美しい女性だった。

「私のほうからご挨拶をするべきでしたのに、申し訳ありません！　本日、小雪様のお世話をさせていただきます、仲居の紗和と申します。どうぞよろしくお願いいたします」

紗和が深々と頭を下げると、小雪は息をこぼすように笑った。

「ふふっ、どうかそんなに緊張なさらないで。吾妻亭に人の仲居さんが入られたという噂は耳にしていたのだけれど、まさか今回担当していただけるなんて……。本当に光栄ですわ。どうか私のことは、気軽に呼んでくださいまし」

「い、いえ、お客様に失礼になってしまいますから……！」

「あら、そのお客様である私がお願いしているんだもの。どうか、お友達を呼ぶように呼んでください」

今度はあどけなく笑った小雪は、まるで、お伽噺（ときばなし）から出てきたお姫様のようだった。

（稲女さんは迫力のある美人だけど、小雪さんは透明感のある繊細な美人っていうか、とにかく綺麗なあやかしだなぁ）

独り立ちして初めて接客する相手が小雪でよかった。

このとき紗和は心からそう思い、小雪のお願いに頷いたのだが――

「それでは小雪さん。早速、お部屋にご案内いたします」

そう言った紗和が小雪を部屋まで案内しようとしたら、不意に小雪が落ち着かない様子でキョロキョロとあたりを見回した。

「小雪さん、どうされましたか？」

「あ……。ご、ごめんなさい。あの、その……。本日、常盤様はどちらにいらっしゃるのかなと思いまして」

「常盤……ですか？」

思わず聞き返した紗和を前に、小雪は遠慮がちに頷いた。

「じ、実は、前回吾妻亭でお世話になった際、常盤様からオススメしていただいた本を読みまして、そのご感想をお伝えできればと思ったのですが」

小雪の白い肌が、ほんのりと桃色に染まる。

恥じらいを表情に浮かべた小雪を見て〝ピンときた〟紗和は、今朝方、阿波から言われた言葉を思い出した。

『常盤様を慰め、奥方になりたいと思う女は掃いて捨てるほどいる』

――ああ、そうか。彼女も、そのうちのひとりなんだ。

気づいた途端に、心臓がまたズキズキと痛み出した。

それでも紗和は動揺をおくびにも出さず、

「主人の常盤ですね。小雪さんをお部屋にご案内したあとで、捜してお連れするようにいたします」

と言うと、いつも通りに笑ってみせた。

その後、宣言通りに小雪を部屋まで案内した紗和は、吾妻亭内で常盤を捜した。

ところが、裏庭まで回ってみたものの常盤は見つからず、悩みに悩んだ末に、紗和は小栗を呼び出した。

「紗和しゃま、本日はどうなしゃいましたか？」

「小栗くん、常盤さんがどこにいるか知らないかな？」

「常盤しゃまでしゅか？　意識を常盤しゃまに合わせますので、少々お待ちくだしゃい！　ん～～、あっ！　常盤しゃまは今、あやかし同士の喧嘩の仲裁のために、鎌倉の町に行っているようでしゅ！　具体的な場所までは、僕にはハッキリとわからないんでしゅが……」

「そう……。でも、吾妻亭にはいないのはたしかなんだね」

「はいでしゅ！」

小栗の言葉を聞いた紗和は、思わずホッと胸を撫でおろした。

（…………ん？）

けれどすぐに我に返ると、怪訝な顔をして俯（うつむ）いた。

今、自分はなぜ安堵したのだろう。これではまるで、紗和は小雪と常盤を会わせたくないみたいだ。

「い、いやいやいや。今朝、阿波さんからあんな話を聞いたから、ちょっとモヤっとしただけで……」

独りごちた紗和を見て、小栗が不思議そうに首を傾げた。

紗和は口元に手を当て、また眉間のシワを深くした。

阿波の言う通りであれば、常盤はモテる。小雪も常盤にご執心のようなので、本当のことなのだろう。

考えてみれば今までにも、常盤に声をかける宿泊客――特に女性のあやかしは多かった。

声をかけられた常盤は誰に対しても似たような対応をしていたので、紗和は特に気に留めなかった。

（でも、あれが全員、常盤さん目当てで吾妻亭に泊まりに来たあやかしたちだとしたら……？）

「さ、紗和しゃま？　どうしたんでしゅか？」

「…………え？」

「今の紗和しゃま、すご～く怖い顔をしていましゅ」

小栗の怯えた顔を見た紗和は、ハッとして目を瞬いた。

「ご、ごめんね。ちょっといろいろ考えてたら――」

〝無性にムカムカした〟

言いかけた言葉を呑み込んだ紗和は、また心の中で首をひねった。

なぜ今、ムカムカしているのだろう。

今だけでなく、今朝、阿波から常盤がモテるという話を聞いたときにも同じようにムカムカ、イライラした。

「紗和しゃま？　本当に大丈夫でしゅか？」

「う、うん。大丈夫。心配かけちゃってごめんね。小栗くん、ありがとう」

紗和がそう言うと、小栗はポンッ！　と音を立てて姿を消した。

ひとりになった紗和は小さく息をつくと、心を落ち着けるように胸に手を当てて目を閉じた。

仮にも紗和は今、常盤の仮花嫁兼仲居として吾妻亭で働いている。

そう。一応、常盤の花嫁になる予定なのだ。

（だから阿波さんに、私はいなくても困らないって言われて、イラッとするのは当然……だよね？）

「……うん、そうだ。だから、ムカムカしちゃったんだな」

自分自身に言い聞かせるように言った紗和は、閉じていた瞼を開けた。

今この瞬間も、小雪は常盤が来るのを待っている。

小雪は紗和の大切なお客様だ。その小雪に『常盤を連れてくるから待っていてほしい』と言ったのだから、今、紗和がやるべきことは決まっている。

「よしっ！　とりあえず、今度は小牧さんに聞きに行こう」

自分でパチンと両頰を叩いた紗和は、気を取り直して顔を上げた。

そして回れ右をすると、常盤の右腕である小牧のもとへと急いで向かった。

「――そういうわけで、小雪さんにはお部屋で常盤さんが来るのをお待ちいただいている状況なんです」

紗和が向かったのは、小牧が日中仕事でいることが多い帳場だった。

案の定、今日も帳場で仕事中だった小牧を捕まえることに成功した紗和は、ひと通りの事情を説明した。

「小栗くんは、常盤さんの詳細な居場所まではわからないみたいで。だけど小牧さんなら、きっとご存じなのではと思ったんです」

小牧は常盤の秘書的役割も担っている。

だから今日の常盤の行き先も、当然のように知っているはずだと紗和は予想した。

「ええ、把握しております。常盤様は本日、大仏切通し（だいぶつきりどお）の、〝火の見下（ひのみした）やぐら〟付近にいるはずです」

「大仏切通し……ですか」

紗和が反すうすると、ピリッとした痛みが紗和の額の中心あたりを走った。

けれど痛みはすぐに引いたので、紗和は特に気に留めなかった。

「そういえば、小雪様は以前いらっしゃったときにも、常盤様と歓談する時間を取れないかと申し出てこられたんです」

相変わらずのポーカーフェイスで小牧がつぶやく。

紗和は、今度は胸がズキリと痛むのを感じて、思わず拳を握りしめた。

「あ、あの……。やっぱり、こういうことってよくあるんでしょうか?」

「こういうこと?」

「は、はい。小雪さん以外にも、吾妻亭にいらっしゃったお客様が常盤さんを呼ぶことは、これまでにもよくあることだったんですか?」

紗和が尋ねると、小牧は一瞬だけ目を見開いた。

けれどすぐにスンとした澄まし顔に戻って、切れ長の目をそっと細めた。

「そうですね、常盤様目当てでお客様が吾妻亭に来られるのは、創業時より〝よくあること〟です」

「そう、なんですね」

「ええ。ですが、紗和さんがよくご存じの通り、常盤様は紗和さんしか目に入っておりませんので、どんなに声をかけられても軽く躱しておられます」

小牧の言葉を聞いた紗和は俯きかけた顔を上げた。

そして自身でもわかるほど、ブワワッと顔を赤く染めあげ、視線を斜め下にそらした。

そんな紗和を見て、小牧の表情が和らぐ。

その表情はまるで、我が子を見守る親のように穏やかで優しいものだった。

「少しだけ、懐かしい話をしてもよろしいでしょうか」

眼鏡のフレームを手のひらで持ち上げた小牧は、手元に開いていた帳簿をパタンと閉じた。

「実のところ自分は、吾妻亭の創業時から常盤様と一緒にいる一番の古株なのです。だからたぶんですが、常盤様のご事情にも誰よりも詳しいです」

小牧はそう言うと帳簿に視線を落としたまま、昔を懐かしむようにほほ笑んだ。

「紗和さんは、自分がなぜここで働いているのかご存じですか？」

「い、いえ。存じ上げておりません」

小さく首を横に振った紗和を見て、小牧はそっと瞼を閉じた。

小牧は吾妻亭で総務的な役割を担っているだけでなく、常盤の右腕として秘書に近い仕事もしている。

そんな小牧を常盤も信頼しているというのは、新参者の紗和でも理解していた。

しかし、ふたりのキズナがどのようにして結ばれたのか、なぜ小牧が常盤とともに吾妻亭で働くようになったのかは、今日まで一度も聞いたことがなかった。

（前に稲女さんが、『吾妻亭はアタシみたいな〝出来損ないのあやかし〟たちの心の拠りどころ』だって言ってたけど）

そのときは稲女の言葉がイマイチしっくりこなかったが、二ヶ月半、吾妻亭で過ごしてきた今の紗和には思い当たる節があった。

ろくろ首なのに首が伸びない稲女、烏天狗なのに空が飛べない義三郎。花板の仙宗は小豆アレルギーの小豆洗いで、仲居頭の阿波はかまいたちと砂かけ婆の邪血妖だった。

そして主人である常盤は、鬼と妖狐の間に生まれた邪血妖だ。

吾妻亭で働く従業員たちは、皆、なにかしらの事情を抱えている。

ならば小牧も、なにか事情があってここで働いていると考えるのが妥当だろう。

しかし紗和にはどうしても、常に冷静沈着でスマートな小牧と〝出来損ない〟という言葉が結びつくようには思えなかった。

「最初の自己紹介で紗和さんにお話しした通り、自分は猫又です」

「は、はい」

「しかし見てわかるように、猫又なのに尻尾が一本しかない〝出来損ない〟なのですよ」

「あ……」

心のうちを読まれた気がした紗和は、一瞬ドキリとした。

「し、尻尾が一本しかない猫又は、出来損ないなんですか？」

けれどすぐに我に返ると、小牧が言った言葉を反すうして眉根を寄せた。

あやかし事情に疎い紗和からすると、尻尾が一本というだけで蔑まれるというのは理解に苦しむ話だ。

「猫又族は、尻尾の数が多ければ多いほど妖力が強いとされています。当然、尻尾が一本しかない自分は最弱部類で、純血妖でありながら、妖力の強さは邪血妖である常盤様の足元にも及びません」

それでも小牧は鎌倉幽世に住んでいたころ、妖力以外の能力で一族の力になれるように努力を重ねていたという。

「それこそ基本的な勉学に加えて、経営学や処世術、諸々の雑学など、学べるものはなんでも積極的に取り組みました。というのも、当時の自分には許嫁がおりまして。彼女だけは自分に笑いかけてくれていたので、どうにか将来的に彼女を養えるようになりたいと考え、必死だったのです」

「そうなんですね……」

「はい。しかし……ある日、唯一の理解者だと信じていたその許嫁にも、裏では『貧乏くじを引いてしまった』と嘲られていたことを知りました」

「え……」

そのとき小牧は、これまで自分が培ってきた知識や経験、すべてが無意味なものに思えて絶望したという。

そうして、死に場所を探すために鎌倉現世にやってきたらしい。

「鎌倉現世をフラフラ彷徨い歩きながら、死ぬにしても、どこで死のうかと考えていたところで、まだあどけなさの残る常盤様と出会いました」

小牧はそのとき常盤から、小牧のようなあやかしが働ける〝あやかし専用の宿〟を作ろうと思っている、という構想を打ち明けられたということだった。

「最初は、小さな童の言うことだと心の奥で馬鹿にしておりました。けれど、どうせなら死ぬ前に、その馬鹿げた妄想に付き合ってやるのもいいかと思ったのです」

しかし、そうして付き合っているうちに、あれよあれよと時が経ち、気がついたら今に至る――ということだ。

「人生、なにがあるかわかりませんね」

「で、でも、小牧さんと出会ったころの常盤さんは、まだ子供だったんですよね？」

「あやかしの見た目年齢は曖昧でして、変化の術の完成度や、妖力量によって変わることもありますし、実年齢に比例しないので……。出会って二年目には常盤様は今と同じ大人のお姿になられていました。ちなみに私もこう見えて、百年は生きておりますから」

「そ、そうなんですか⁉」

紗和は、いろいろと驚くことばかりだ。

小牧はどう見ても三十代なのに、まさか本当は百歳を超えていたとは思わなかった。

「今でも昔と変わらず、自由奔放な常盤様に苦労させられることも多いです。ですが自分はあのとき、常盤様に出会えたことに、心から感謝しています」

そう言うと小牧はふたたび、穏やかな笑みを浮かべた。

小牧のまとう月白色が、よりいっそう美しく光をまとっているように視える。

しかし同時に、紗和は〝あること〟に気がつき、顔色を青くした。

(そうだ、この色――小雪さんがまとっている色と、同じ色だ)

小雪と相対したときに感じた安心感。それは普段から目にしていた小牧の色と、小雪が同じ色をまとっていたということも理由のひとつだったのだ。

「ということは……。常盤さんと小雪さんは、相性がいいってことだよね」

常盤の右腕である小牧と同じ色をまとう小雪なら、小牧と同じように、妻として常盤を支えうる相手になるかもしれない。

「どうかされましたか、紗和さん？」

「い、いえ……っ、なんでもありません」

これまでで一番強い胸の痛みを感じた紗和は、とっさに作り笑いをして小牧から目をそらした。

ドクンドクンと鳴る鼓動は、紗和の心にかかる雲をみるみるうちに広げていく。

「……紗和さん」

と、不意に小牧に名前を呼ばれた紗和は顔を上げた。

小牧は真っすぐに紗和を見ると、また言葉を選びながら静かに話し始めた。

「自分は今、常盤様が吾妻亭を作ったのは、自分のようなあやかしたちが働ける、あやかし専用の宿を作ろうと思ったからだと言いました」

「は、はい。話を聞いて、私もすごく素敵なことだと思いましたし、常盤さんを見直しました」

「それはなによりです。しかし、自分は今話したことだけが、〝常盤様が吾妻亭を作った理由〟ではないと考えています」

「え？」

そこまで言うと小牧はひと呼吸置き、あらためて紗和を見た。

「常盤様は、いつの日か、自身が愛するただひとりの女性を迎えに行ったときに、その女性のことを守りたいと思って――」

ところが小牧がそう言いかけたとき、

「失礼いたします。ちょっとよろしいでしょうか?」

帳場の入口から、聞き覚えのある声が聞こえた。

ハッとして紗和と小牧が声のしたほうへと目を向けると、閉じていた扉が開き、小雪がひょっこりと顔を覗かせた。

「あ……紗和さん、こちらにいらしたんですね」

「小雪さん！　お、お待たせして、申し訳ありません。今、常盤の行方を捜していたところです」

紗和があわてて謝ると、小雪は小さく首を横に振った。

「そのことなのですが……。実は、先ほど廊下でお会いした、明るく元気な料理人さんにお伺いしたところ、常盤様は今、鎌倉現世の町のほうに行かれているということを教えていただきまして。せっかくですから、今から観光がてら行ってみようかと思うのです」

そのために小雪は、観光案内をもらいに帳場を訪れたということだった。

明るく元気な料理人とは、たぶん義三郎のことだろう。

「わかりました、観光案内ですね。こちらになります」

小牧が観光案内を小雪に渡した。

けれどそれを受け取った小雪は、申し訳なさそうに小牧と紗和の顔を見た。

「あの……こんなことをお話しするのは、大変お恥ずかしいのですが。実は私は自他共に認める方向音痴でして、これまでも鎌倉で何度か迷子になった経験がございます」

そう言うと小雪は、ほんのりと頬を赤く染めて俯く。

「そういうわけなので、もしもご迷惑でなければ、どなたか道案内をしてくださる方を、ご紹介いただけないでしょうか？」

小さくなる小雪を見て、紗和は目を丸くした。

小雪は相当、自信がないのだろう。不謹慎かもしれないが、シュンと肩を落とす様子は子供のようで可愛らしい。

「それでしたら、人力車を利用するのはいかがでしょうか」

「人力車ですか？」

「はい。鎌倉には名所を案内してくれる人力車があるのですよ」

提案したのは小牧だった。

しかし小雪は一考したのち、申し訳なさそうに首を横に振る。

「大変素敵なご提案をありがとうございます。人力車、いつか利用してみたいとは思うのですが……。今回は観光案内がメインではなく、その……。常盤様に会いに行くというのが、一番の目的ですので」

そう言った小雪の顔は、今度こそ真っ赤に染まった。

つまり小雪としては、自分のいいタイミングで常盤に会いに行きたいということなのだろう。

（小雪さんは本当に、常盤さんのことが好きなんだ）

道に迷う可能性があっても、常盤に会いに鎌倉現世に行こうと思うくらいだ。

紗和は胸の痛みが強くなるのを感じたが、俯きそうになる顔を上げると小雪を見て精いっぱいほほ笑んだ。

「それでは……私が鎌倉をご案内がてら、小雪さんを常盤のところまでお連れいたします」

「え……よろしいのですか？」

「はい。私は、小雪さんのお部屋担当ですから。お待たせしてしまったお詫びに、ご案内させてください」

そう言って笑った紗和を、小牧が心配そうに見ていた。

（私は仲居としての仕事をしっかりやろうって決めたんだもの）

そっと胸に手を当て、紗和はあらためて前を向く。

痛みを知らせ続ける鼓動は、紗和の奥底にある〝なにか〟の扉を強くノックしているようだった。

＊　＊　＊

「念願の大仏様を見ることができて、とても嬉しいです！」

鎌倉現世の町に繰り出した紗和たちは、小雪の希望で、まずは鎌倉大仏として名高い国宝銅造〝阿弥陀如来坐像(あみだにょらいざぞう)〟を拝観した。

吾妻亭から大仏までは、小牧の妖術でひとっ飛びだ。

希望が叶った小雪は、無事に鎌倉観光ができたことを喜んでいた。

「こうして一緒に歩いていると、まるで仲良しのお友達と女子旅を楽しんでいるようですね」

そう言うと小雪は、あどけない少女のような笑みを浮かべた。

（小雪さんって、本当に素敵で可愛い人……じゃなくて、あやかしだなぁ）

たとえば、もしも小雪の恋が実って常盤とうまくいったら、小雪は吾妻亭の女将(おかみ)をしっかりと勤め上げることだろう。

（美男美女で、お似合いだしね）

紗和は思わず小雪から目をそらした。

また胸に痛みが走って、苦しくてたまらない。

「でも……すぐにでも、常盤のところに向かわなくてよかったんですか？」

紗和が尋ねると、小雪は曖昧（あいまい）な笑みを浮かべてから俯（うつむ）いた。

「常盤様は今、お仕事で鎌倉の町にいらしているのですし、それを邪魔してしまうのは、やはり忍びない気もいたしますので……」

紗和たちが遠回りをしているうちに、常盤が鎌倉現世での仕事を終えて吾妻亭に戻ってしまう可能性もある。

けれど小雪は、そのときはそのときだと言って笑ってみせた。

「こういったことは、結局〝ご縁〟があるかどうかでしょう？　ですから、私と常盤様に本当にご縁があれば、これから向かう場所で会えるはずです」

逆を言えば、常盤と会えなければ縁がなかったということだ。

「常盤様のお仕事を邪魔したくないと言いながら、願掛けのようになってしまっておりますが……。そうでもしないと、私は自分の気持ちに、諦めがつかないのです」

そう言って笑った小雪は、儚げなのに、凛々しくも感じられた。

紗和は、そんな小雪の綺麗な横顔に見とれてしまった。

「紗和さん、どうされましたか？」

「あ……。い、いえ。なんでもありません」

気にしないでください、と続けたあと、紗和は曇った心を隠すように晴れた笑みを浮かべてみせる。

「それではこれから、常盤がいるところへご案内させていただきますね」

それだけ言うと胸の痛みに蓋をして、前を向いた。

大仏を拝観し終えて県道三十二号に出た紗和たちは、大仏隧道方面へと足先を向けた。

そして大仏隧道の脇にある階段の前までたどり着くと、立ち止まった。

「もしかして、この奥に常盤様がいらっしゃるのですか？」

「はい。常盤は今、大仏切通しにいるそうです」

「大仏……切通し？」

紗和が小牧から聞いた常盤の居場所を説明すると、小雪は不思議そうに首を傾げた。

「大仏切通しは、いわゆる〝鎌倉七切通し〟のひとつなんです。鎌倉七切通しは、遠い昔に作られた鎌倉と外を結ぶ道の中でも、代表的な七つの道のことを指すのですが……。その、代表的な七つの道のうちのひとつが、大仏切通しなんですよ」

三方を山に囲まれた鎌倉は、その昔、守りを固めるにはとても有利な地形とされていた。

反面、人の行き来や物流といった側面で見ると不便なことも多く、それを解消するために作られたのが切通しというわけらしい。

「国の指定史跡にもなっている、歴史的にも重要な古道なんですよ。ちなみにこちら側から大仏切通しを抜けると、吾妻亭のある鎌倉常盤地区方面に出られます——っ⁉」

と、そこまで言い終えた紗和は、ピリッとした痛みが額の中心あたりに走るのを感じて、思わず眉間に手を添えた。

「紗和さん、大丈夫ですか⁉」

「あ……す、すみません。ちょっと頭痛がしただけなので、大丈夫です」

小牧から常盤の居場所について聞いたときにも感じた痛みだ。

紗和は一瞬不安を覚えたが、先ほどと同様に痛みはすぐに引いたので、ホッと息をついた。

（大丈夫……だよね）

心を落ち着けるように深呼吸した紗和は、あらためて笑みを浮かべて小雪を見つめる。

「それでは、まいりましょう。この先、くれぐれも足元にお気をつけください」

不安を押し込めた紗和は小雪をアテンドしながら、大仏切通しの入口ともいえる階段をのぼり始めた。

「ここからしばらくはのぼり階段が続きますので、疲れたら遠慮なく仰ってくださいね」

「ありがとうございます。それにしても紗和さんは、随分とこの場所にお詳しいのですね」

「え……」

柔らかにほほ笑む小雪を前に、紗和は戸惑い、言葉に詰まった。

小雪にした大仏切通しの説明は、紗和が吾妻亭の仲居になってから勉強して覚えたことだ。

お客様に質問されたときに、きちんと受け答えができるようにと頭に叩き込んだ鎌倉についての知識のひとつ。

けれど今、大仏切通しに繋がる階段をのぼり始めた紗和の心は、不思議な懐かしさを覚えていた。

知識として知っていても、紗和がここに来るのは今日が初めてのはずなのに。

(なんでだろう。分かれ道があっても進む方向に迷わないし、進めば進むほど懐かしい気持ちになる)

もちろん途中に案内の看板はあるが、それを見ずとも紗和の足は自然と右の道を選んでいた。

緑の薫りが濃くなるにつれ、紗和の身体の中を熱いなにかが巡り始める。

しばらくの間、階段をひたすらにのぼり続けると、異世界に迷い込んだような、木々が鬱蒼と生い茂る古道の最高地点付近に着いた。

「ハァ……。ちょっと、階段が大変でしたね。小雪さん、大丈夫ですか？」

長い階段をのぼりきった紗和が振り返って尋ねると、小雪は乱れた呼吸を整えながら力なく頷いた。

相当に苦しそうだ。無理もない、観光しやすいように視えない人にも視えるように化けている上、足元の悪い山道を着物に草履という出で立ちで進んでいるのだから。

仲居着の紗和も似たようなものだが、なぜか道に関する知識があるぶん、心の余裕に差があった。

（このあと、狭くて細いくだりの階段もあるし、歩きにくい道もまだまだ続くし……）

「小雪さん、よろしければ手を繋いでもいいでしょうか？」

「え……」

「小雪さんにおケガをさせたら大変ですから。ここから先は手を繋いで、ゆっくりと歩きましょう」

せっかくの着物も、汚してはいけない。

紗和は、まだ息を切らしている小雪にそっと手を差し出した。

「で、でも、どんくさい私と手を繋いでいたら、紗和さんも歩きにくいのではないですか?」

「私は……この道に慣れていますから、大丈夫です」

その言葉は滑るように紗和の口から出た。

――なぜ紗和は、初めてきたはずのこの道に慣れているのか。

それは、紗和自身にも知る由はない。

対する小雪は、紗和の澄んだ瞳に見とれたあと、差し出された手に遠慮がちに自身の手をのせた。

「……紗和さん、どうもありがとうございます。では、お願いしてもよろしいでしょうか」

「もちろんです。それでは、先に進みましょう」

そうして紗和は、小雪が転倒しないように細心の注意を払いながら、草木が生い茂った森の中に敷かれた道を進んでいった。

肝心の常盤は、小牧の言う通りなら、大仏切通しの最大の見どころでもある火の見下やぐら付近にいるらしい。

（ああ、すごいなぁ。アニメ映画の世界に迷い込んだみたい）
先を進むにつれてあたりの空気が一層澄んできて、神秘的な世界感に圧倒された。
途中、倒木があり、身を屈めてくぐり抜ける。
と、その瞬間だ――
「い、た……っ」
また紗和の額の中心あたりに、ピリッとした痛みが走った。
『紗和さん、どうされましたか⁉』
「紗和、ひとりで先に進んではダメよ！」
耳の奥で、小雪の声と誰かの声が重なってこだまする。
『絶対に、お母さんの手を離さないでね』
『そんなに急いだら転んでしまうよ。ほら、こんなところにも倒木が――』
『紗和っ！　急にどうしたの⁉　戻ってきて！』
母の声に続いて聞こえてきたのは、紗和の父の声だった。
最後に聞こえたのは、母が紗和を呼ぶ叫び声。
（なに、今の……）
俯き気味に立ち止まった紗和は、震える息をはきながら、おそるおそる顔を上げた。
見たことのある景色が、目の前には広がっている。

もちろん、十七年前のあの日に比べたら、木々の装いも違ってはいるだろう。

それでも今、紗和の目には、この場所はあの日と少しも変わらぬように映っていた。

「そうだ、私……あのときも、今と同じように〝彼〟のもとに向かってたんだ」

直後、ここ最近、ずっと強くノックされていた心の奥の扉の鍵が、カチャリと開く音がした。

同時に、頭の中に勢いよく、当時の記憶が映像として流れてきた。

あの日、まだ小さかった紗和は、ちょうどこのあたりで母の手を振り切って走り出した。

無我夢中だった。その、理由は――

「……この先にいる、〝誰か〟の色が消えそうになっているのを感じたからだ」

「え？」

「そうだ、私……。子供のころに、両親とよくこの道を〝探検〟しに来てた！　それで、あの日は……この先にいる誰かを捜すために、母の手を振り払って走り出したんだ」

独りごちた紗和は、空を見上げた。

新緑の合間を縫ってさす木漏れ日が、幻想的で美しい。

「さ、紗和さん、本当に大丈夫ですか？」

小雪に声をかけられた紗和は、ハッとして我に返ると振り返った。

小雪は心配そうに紗和を見ている。

あわてて首を横に振った紗和は、動揺を悟られぬように顔に笑みを浮かべた。

「きゅ、急に変なことを口走ってすみません。ちょっと、昔のことを思い出してしまって」

「昔のこと……ですか？」

「はい。でも……もう大丈夫です。小雪さん、火の見下やぐらまではあと少しなので、頑張りましょう」

ふたたび前を向いて歩き出した紗和の心臓は、早鐘を打つように鳴り続けている。

紗和は逸る気持ちを精いっぱい押し込めて、小雪の手をしっかりと握りしめながら細い山道を歩いた。

今、自分は吾妻亭の仲居として、彼女の手を離してはいけない。

そうして、歩いて、歩いて、歩き続けたふたりは、左右に切り立った断崖のある道までたどり着くと足を止めた。

「……ここはまた、大変に幽玄な雰囲気の場所ですね」

あたりを見回した小雪が感嘆した。

紗和も野趣(やしゅ)あふれる景観に圧倒され、少しの間、その場から動けなかった。

ふと、視線を落とせば、足元に置き石が置かれている。

『これは、敵が鎌倉に攻め入り難いように置かれたものなんだよ』

と、丁寧に教えてくれたのは、今は亡き紗和の父だ。

(本当に、不思議)

これまで思い出せなかったのが嘘のように、当時の記憶が頭の中に次々と流れ込んでくる。

「紗和さん、常盤様がいらっしゃるのはこの先ですか？」

「はい。……この先です」

ゴクリと喉を鳴らした紗和は、あらためて小雪の手を握り直した。

そして苔むした石や岩が点在する狭隘な道を、一歩一歩確実に進んでいった。

ぐんぐんぐんぐん、進んでいく。

そう、まるで——まだ五歳だった、あの日の紗和と同じように。

『ねぇ、そこにいるのはだぁれ？』

あの日、ひとりでここまで来た紗和は、この先にいる〝色が消えそうな誰か〟に問いかけた。

でも、返事はなかった。

今になって思うと、たった五歳でこの道をひとりで歩くなど、怖いもの知らずにもほどがある。

いくら何度か通った道で、後ろから両親が追いかけてくるとわかっていても、一歩間違えば危険な目に遭っていたかもしれない。

それでもあの日は、一秒でも早く〝誰か〟のところへ行かなければと思った。

〝誰か〟の色が完全に消えてしまう前に見つけなければと思って、必死だった。

「はぁ……。小雪さん、あと少しですよ」

前を向く紗和の目には、あの日の光景と、今見ている景色が重なって映っていた。

あの日、ようやくたどり着いたやぐらの近くで、紗和は倒れている男の子を見つけた。

紗和がたどり着いたときには、その男の子の色は消えかけていて、ほぼ視(み)えなくなっていた。

『ねぇ、めをあけて。さわがきたから、もうだいじょうぶだよ』

そう言うと紗和は本能的に、傷だらけの男の子の手をギュッと握りしめた。

男の子を助けたい。目を覚ましてほしい。

そう思って、紗和は男の子に声をかけ続けた。

『紗和っ、こんなところにいた！　ひとりで行ったらダメだろう――って、その子は……』

しばらくして、紗和を追いかけて両親がやってきた。

（あのあと、お父さんとお母さんと一緒に、私は男の子を家に連れ帰ったんだ――）

「きゃっ⁉」

紗和がそこまで思い出した、そのとき。

小雪の悲鳴が聞こえて、紗和も一緒にバランスを崩した。

「危ない……！」

間一髪、紗和が足を踏ん張り手を引いたことで小雪は難を逃れたが、代わりに大きくよろめいた紗和は、そばの岩壁に肩をぶつけてしまった。

「い、いたた……」

「紗和さん、すみませんっ！　大丈夫ですか⁉」

青褪（あおざ）めた小雪を見て、紗和はすぐに笑顔を見せた。

「いえ、軽くぶつけただけですから。それより小雪さんが無事でよかったです」

考え事をしていたせいで、危うく小雪にケガをさせてしまうところだった。

無傷の小雪を見た紗和は、ホッと胸を撫でおろした。

「と、常盤様は本当に、この先にいらっしゃるのでしょうか……」

小雪もさすがに疲れたのだろう。表情には不安の色が浮かんでいて、すっかり気力をなくしている様子だった。

「常盤は、この先に必ずいます。もう目と鼻の先ですよ」

反対に、紗和は一縷の迷いもなく答えた。

（あの子――ううん、〝常盤さん〟は、必ず火の見下やぐらにいる）

理由や根拠はまったくない。それでも紗和には、この先に常盤がいるという確信があった。

「なんだか、紗和さんと常盤様は、キズナという名の視えない糸で結ばれているようですね……」

「え？」

「……いえ、なんでもありません。行きましょう」

小さく首を横に振った小雪は、寂しげな微笑を浮かべた。

そうして、数分後。ふたりは無事に、目的地である火の見下やぐらに到着した。

整備された階段の上に常盤の姿を見つけた紗和は、大きく息を吸い込んだ。

「常盤さんっ……！」

「え……。紗和⁉　どうしてここに？」

突然声をかけられた常盤は驚いた様子で振り返ると、紗和だけでなく、一緒にいる小雪を見て目を見張った。

常盤の顔を見た紗和の目には涙が滲む。

心の奥にあった扉がわずかに開き、その中に閉じ込められていた記憶の一部が、ハッキリと脳裏(のうり)に蘇(よみがえ)った。

『さわ、みつけてくれて、ありがとう』

十七年前、まだたった五歳の子供だった紗和は、このやぐらの前で倒れていた常盤を見つけた。

そして両親とともに家に連れ帰ったあと、献身的に介抱した。

三日後、ようやく目を覚ました常盤の色は、ほぼ失われたままだった。

繋いでいた手が握り返された瞬間の感動まで、紗和はしっかり思い出した。

「とき――」

「常盤様っ！」

紗和がもう一度、常盤の名前を呼ぼうとしたら、小雪の声が紗和の声を遮(さえぎ)った。

我に返った紗和が振り向くと、小雪が恍惚(こうこつ)とした表情で常盤のことを見上げていた。

「ああ、あなたは……本日、吾妻亭に宿泊のご予約をくださった小雪様ですね」

想い人である常盤にほほ笑みかけられた小雪は、頬を赤く染めながら小さく頷いた。

「大仏切通しの観光でいらしたのですか？　ここを人に視(み)える姿で、それもお着物で歩くのは、相当に大変でしたでしょう」

そっと地を蹴り紗和たちの前に降り立った常盤は、吾妻亭の主人らしい営業スマイルを浮かべていた。

（な、なんかまた、ムカムカしてきた……）

小雪に笑いかける常盤を間近で見た紗和の心がざわめく。

すると、自分を睨んでいる紗和に気づいた常盤が、キョトンとして首を傾げた。

「紗和は、小雪様のご案内でここまで来たのか？」

「は……い。そうです」

「そうか。紗和もその格好で山道を歩くのは、大変だったろう」

そう言うと、常盤は小雪にもしたように優しくほほ笑んだ。

ふっと目をそらした紗和は、口を尖らせ微妙な顔をする。

「紗和、そんな顔をして、一体どうし――」

「わしゃあ、なんと言われてもここから出ないからなっ！」

そのときだ。

先ほどまで常盤がいた階段の上から、しゃがれた声が聞こえてきた。

一同が声のしたほうへと目を向けると、年老いた男――いや、どこからどう視(み)ても河童(かっぱ)が、ひょっこりと顔を覗かせていた。

「お前さんがなんと言おうと、わしは動かん！　わしゃあ、ここが気に入ったんじゃ！　死ぬまでここに住む！　ぜ～ったいに、出ていかんからな！」

まくし立てるように言った河童(かっぱ)は、ヒョイッと身軽に跳ねると、一番大きなやぐらの中に入っていった。

「い、今のって……？」

「ハァ〜〜〜〜……。すまない。見ての通り、ちょっと今、取り込み中なんだ」

戸惑いながら尋ねた紗和に、常盤は頭を抱えながら答えた。

そうして三人は階段をのぼると、火の見下やぐらの前に立った。

やぐらの中には先ほどの河童(かっぱ)がふてぶてしい態度であぐらをかいて座っている。

「常盤様、あの方は……？」

「河童(かっぱ)の河吉(かわきち)殿です。少し前まで、ここではない別の鎌倉市内のやぐらにご夫婦で住んでいたのですが、奥さんと喧嘩をしたようで。家出して、この火の見下やぐらに住むと言い張って聞かないのです」

苦笑いをこぼした常盤を前に、紗和と小雪は目を点にした。

常盤の話はこうだ。

河吉の妻である河代(かわよ)からの依頼で喧嘩の仲裁に入ったのはいいが、河吉が頑固で言うことを聞かず、朝からずっと今のやり取りが続いているという。

「河代さんが心配している。河吉殿、いい加減、素直になったらどうだ？」

めずらしく困り果てている様子の常盤は、再度河吉に声をかけた。

「河代がわしを心配してるだ～？　嘘をつけっ！　とにかくわしは、ここから出んぞ！　わかったらお前さんは、それを河代に伝えに行けっ！」

河吉は相当な頑固者らしい。

（これはたしかに、説得するのは大変そう）

「……酷いですわ」

「え？」

「常盤様だって、吾妻亭の主人としてお忙しい合間を縫って、こうしてわざわざ説得しに来られているのに！」

ふいに小雪が口を開いたかと思ったら、これまで聞いたことのないような冷たい声を出した。

紗和が小雪に目を向けると、小雪は雪女らしく温度のない目を河吉に向けていた。

「なんて強情でワガママなお方なの……。常盤様がお困りでしたら、この私が力をお貸しいたしますわ」

そう言うと小雪は細い指先から、キラキラとした氷の結晶を出した。

もともとひんやりとしていたあたりの空気が、さらに冷たいものへと変わる。

「小雪様、ご心配ありがとうございます。ですが、どうかお気になさらないでください」

「でもっ！　私は、あのような野蛮な方が常盤様を困らせているのは許せませんっ」

「わしが野蛮じゃと!?　おいっ、そこの雪女めっ！　わしのどこが野蛮なんじゃ！

こんなに紳士でスマートな河童は、他にはおりゃせんっ！」

途端に三人は、やいのやいのと揉め出した。

「河吉殿も、落ち着いてください。余計なことを言うと、小雪様に氷漬けにされてしまいますよ」

「そうですわっ！　あなたのような河童は、氷漬けにして、奥様のもとへと無理矢理にでも連れ帰ったほうが早いです！」

「は～ん！　やれるもんならやってみい！　そんなもん、屁の河童じゃ！　プーッとお返ししてやるわいっ」

「なっ、お下品な……！」

「ハァ……河吉殿……」

「とにかくわしは、出ていかんと言ったら、絶対に出ていか～～んっ！」

「ふ……っ、ふふっ、あははっ！」

三人のやり取りを静観していた紗和は、たまらずに噴き出した。

「ふふふっ、あは、はっ」

突然笑い出した紗和を、常盤、小雪、河吉の三人は不思議そうに見ている。

「紗和？」

「紗和さん？」

「なんでお前は笑っとるんじゃ！」

プンプンと怒る河吉を見て、紗和は笑いすぎて疲れた腹筋を押さえながら、どうにか呼吸を整えた。

「す、すみません。皆さんのやり取りが面白くて、つい笑わずにはいられなくって」

その後も笑いが止まらない様子の紗和に、河吉は「失礼な女じゃ！」と、立腹していた。

「ハァ〜〜。ほ、本当にすみません。でも、久しぶりにこんなに笑いました」

ようやく笑い終えた紗和は、目尻に浮かんだ涙を指でぬぐった。

「河吉さん、すみません。散々笑ったあとで失礼なのですが、私も河吉さんとお話ししてもよろしいでしょうか？」

「もう話しとるじゃろ！　というか、お前さんは人間じゃな。わしらが視えるなんて、めずらしいのぅ」

そう言うと河吉は、もともと細い目をさらに細めた。

どうやら紗和に興味を抱いたようだ。

これ幸いとほほ笑んだ紗和は、やぐらの真下まで歩を進めた。

「河吉さんの、ここを出ていきたくないというお気持ちはよくわかりました。では、こういうのはいかがでしょうか？」

「こういうの～？　とは、どんなのじゃい！」

「とりあえず一旦、休戦しましょう。それから、腹が減っては戦ができぬと言いますし、吾妻亭のおいしいお料理を食べて英気を養ったあと、あらためて奥様と話し合いをしてみるというのはどうですか？」

紗和の提案を聞いた河吉は、ムムッと片眉を上げた。

今、紗和に視えている河吉がまとう色は、初夏に映える若苗色だ。自然を愛するものが多く持つ色。

そして、これまで話していた雰囲気から、河吉は強情ではあるが悪いあやかしではないと、紗和は感じていた。

（だからきっと、アプローチの仕方を変えれば、少しは解決策が見えてくるはず）

紗和が今、そう思えるのも、これまで吾妻亭で様々なあやかしと触れ合ってきたおかげだろう。

「吾妻亭の花板である仙宗さんと、弟子のサブくんが作る料理は、どれも本当においしいんですよ」

「ム、ムムムムッ」

ぐぅうぅうぅうううぅうぅう〜〜〜。

そのとき、河吉の腹の虫が大きな声で鳴いた。

あとひと押しだ。そう考えた紗和は、そばで見守っていた常盤に目を向けた。

「河吉さんのために、とってもおいしいお食事を、特別にご用意させていただきます。ね、常盤さん？」

「ん？　あ、ああ……そうだな。もちろんだ」

常盤は一瞬面食らったが、とっさに紗和に話を合わせた。

「河吉殿、ぜひ、これから吾妻亭にいらしてください。心を込めて、おもてなしをさせていただきます」

再度常盤に声をかけられた河吉は、一考したあと、のそのそとやぐらから出てきた。

「そ、そこまで言うなら仕方がないのぅ。せっかくじゃから、呼ばれてやろう」

河吉は紗和と常盤の前に立つと、照れくさそうにそっぽを向いた。

空腹には勝てなかったのだろう。

突然素直になった河吉を前に、常盤と紗和はほほ笑んだあと、互いに顔を見合わせた。

そんな、ふたりの息の合ったやり取りを後方で見ていたのは小雪だ。

「やっぱりおふたりは、キズナという名の視えない糸で結ばれているんですね……」

小雪は小さな声でつぶやいてから、諦めたように笑った。

「言っておくが、マズイもんを出されたら、わしは吾妻亭で大暴れしてやるからな!」

また、河吉が偉そうに吠える。

対する紗和は自信ありげな笑みを浮かべると、

「大丈夫です。絶対に満足させてみせますから!」

そう言って、胸を張った。

六泊目　封じられた記憶と恋心

吾妻亭に戻った紗和は、まずは小雪を部屋まで送り届けた。

続いて河吉を空いている一室に案内すると、その足で常盤とともに厨房に向かった。

「このあとの作戦なんですが――……」

そして、大仏切通しから吾妻亭に戻る道中で練った策を、常盤だけでなく厨房にいた仙宗と義三郎にも伝えた。

「……なるほど、よくわかった」

「紗和嬢ちゃんにはサブの件での借りがあるからな。精いっぱいやらせてもらう」

「オレもバッチリ協力するよ～！」

「みなさん、ありがとうございます！」

策にのってくれた一同を前に、紗和はホッと胸を撫でおろした。

そうして、それぞれが準備を進め、河吉が吾妻亭に来て三十分が経ったころ……

「ちょっとあんた！　なにやってるのよ！」

河吉と雰囲気がよく似た女性が、河吉が待つ部屋に通された。

「なっ、河代！　どうしてお前がここにいるんじゃ！」
女性は河吉と絶賛夫婦喧嘩中の妻、河代だった。
突然現れた河代を見た河吉は、信じられないという顔をする。
「どうしてって、家にいたら常盤様の式神が飛んできて、あんたが吾妻亭にいるから
すぐに来てほしいって呼ばれたのよ！」
そう——これが、紗和の作戦の始まりだ。
紗和は常盤たちに作戦の内容を共有したあと、小栗を河吉の妻である河代のもとへ
と飛ばした。
そして今、河代が言った通り、すぐに吾妻亭に来てほしいとお願いしたのだ。
「あ、あの人間の女子め～～、このわしを騙しおったな！」
立腹した河吉は顔を赤くして立ち上がった。
「いいえ、騙してはいませんよ」
しかし、タイミングよく食事を運んできた紗和が軽くいなして、河吉を止めた。
続いて、常盤も紗和と同じ膳を手にして部屋の中に入ってきた。
「河代さん、ご足労いただき、ありがとうございます。ちょうどお食事のご用意がで
きましたので、河吉さんとご一緒にお召し上がりください」
ニッコリとほほ笑んだ紗和と常盤を前に、河吉と河代は訝しがりながらも席に腰を

下ろした。

「……なんじゃ、これは」

「こちらは鎌倉名物の釜揚げしらすと、静岡産桜えびを使った〝紅白丼〟です」

「紅白丼、ですか？」

河吉の質問に答えた紗和に、河代が思わずといった様子で聞き返した。

紗和と常盤が運んできた膳の上には、たっぷりの釜揚げしらすと生桜えびが贅沢にのった、どんぶりご飯が用意されていた。

「吾妻亭の料理長が、腕に縒りを掛けて作った一品です。しらすは茹でたてなので、ふわっふわ。プリプリで甘い生桜えびと一緒に食べると、しらすの塩気がいいアクセントになって、最高の組み合わせですよ」

紗和の説明を聞いた河吉は、たまらずにゴクリと喉を鳴らした。

目の前に置かれた丼の上では、白いしらすと薄紅色の桜えびが、その名の通り〝紅白〟の美しい色味を帯びている。

「〝紅白〟は、祝い事や対抗するふたつの組を表すときに使う言葉です。今では全国で当たり前に使われているものですが、おふたりは、その由来をご存じでしょうか？」

紗和の隣に立つ常盤が、柔らかな声で尋ねた。

河吉と河代は首を小さく横に振った。

「紅白の由来は、源平合戦で平家が赤旗を、源氏が白旗を掲げて戦ったことから用いられるようになった、というのが有力な説であると言われております」

運動会の赤組白組の組み分けや、赤白帽子。

それらが今から数百年前に起きた平家と源氏の戦いに由来していた——と思うと、言い知れない浪漫を感じる。

「源平合戦の最後の舞台となった壇ノ浦の戦いで勝利したのは、皆様ご存じ、源義経公です」

そして源義経の兄である頼朝は、ここ鎌倉の地で鎌倉幕府を開き、明治維新まで続く武家政権の礎を築いた。

「ちなみにですが……源氏の白い旗にちなんだ名の神社もあるんですよ」

口を挟んだのは紗和だ。紗和は鎌倉に戻ってきてから頭に入れた知識で口添えした。

(これは私が考えた作戦なんだから、常盤さんに任せきりにはできない……!)

「対抗するふたつの勢力が、ひとつの丼になったのが、こちらの紅白丼です」

そう言うと紗和はそっと、紅白丼に目を向けた。

「鎌倉幕府があったころには考えられなかった組み合わせかもしれませんが、今ではすっかり縁起ものです。紅白……私はとても好きな色です」

そこまで言った紗和は、ニコリと笑った。

紗和の言わんとすることに気づいた河吉と河代は、ふたつの紅白丼を挟んで気まずそうにお互いの顔を見た。

そして、ほんのりと頬を染めると、仲良く並んだ紅白に目を向ける。

争いはやめて、ふたりでおいしいご飯を食べよう。

それこそが、紗和が考えた作戦の核心だった。

「せ、せっかくじゃから、早いうちにいただこうかのぅ」

「ええ……そうですね。こうして向かい合って食事をするのは久しぶりだわ」

箸を取った河吉と河代を見て、紗和と常盤はふたたび顔を見合わせた。

「とってもおいしいので、ぜひご夫婦でゆっくりとお召し上がりください！」

ひとつの丼の上で、〝紅白〟が輝いていた。

＊　＊　＊

「紗和、今日は本当にありがとう」

その日の夜、仕事の締めとしてロビーの拭き掃除をしていた紗和のもとに、常盤がふらりとやってきた。

「河吉殿と河代さんは無事仲直りをして、もともと住んでいたやぐらに戻っていったよ」

「そうなんですね。紅白丼も喜んでいただけたみたいですし、本当によかったです」

紗和がほほ笑み返すと、常盤も表情を和らげた。

こんなふうに、ふたりがゆっくりと話をするのは久しぶりだ。

「河吉殿と河代さんが、ぜひ今度、紗和に住居であるやぐらに遊びに来てほしいと言っていたよ」

常盤の言葉を聞いた紗和は、

(でも、やぐらって、たしか昔のお墓だよね)

と心の中でツッコみつつも、「わかりました」と笑顔で答えた。

「夫婦喧嘩は長引けば長引くほど、仲直りが難しくなるって言いますもんね」

「ああ。そうだな……」

紗和に笑顔を向けられた常盤は、たまらずに紗和の髪に触れようと手を伸ばした。

しかし、既(すんで)のところで留まって手をおろす。

行き場をなくした手は、寂しさを掴むように空中でギュッと握りしめられた。

「……すまない。報告はそれだけだ。紗和も今日は疲れただろうから、よく休んでくれ」

そう言うと常盤は紗和に背を向けてしまう。

紗和はとっさに、常盤を引き留めようと手を伸ばしたが、

「常盤様！　紗和さん！」

背後から聞こえた声に驚いて、伸ばしかけた手を止めた。

「こ、小雪さん？」

振り向いた先にいたのは小雪だった。

笑顔でこちらを見ている小雪は、なぜか手に大きなカバンを持っている。

そのカバンは、小雪が吾妻亭に来たときに、紗和が玄関で受け取って部屋まで運んだものだ。

「小雪さん、どうされましたか？」

時刻は二十一時をまわったところ。小雪は大荷物を持って、これから一体どこに出かけるというのだろう。

戸惑う紗和を見た小雪は、あらためてニッコリとほほ笑んだ。

「紗和さん、大変申し訳ありません。私、急用を思い出しまして、本日は宿泊せずに帰らせていただきたいのです」

思いもよらない言葉に、紗和は大きく目を見開いた。

「す、すみません。なにか、ご気分を害されましたでしょうか？」

小雪の部屋担当である紗和は、突然の事態に目を白黒させてしまった。

(私に至らないところがあって、小雪さんは嫌になって突然帰ると言い出したのかもしれない……!)

紗和は不安になったが、小雪は笑みを絶やさぬままで小さく首を横に振る。

「いいえ、そうではないんです。ただ、ここに泊まる理由がなくなったので、予定を切り上げて帰ることにしたのです」

「吾妻亭に泊まる理由がなくなった……ですか?」

「ふふっ。そうです。先ほどまで、昼間あったことと、おふたりのことを部屋で思い返していたのですが——。私、やっぱり野暮なことはしたくないと思いまして」

小雪の言葉に、常盤はキョトンとして不思議そうな顔をした。

対する紗和は、すぐに小雪の言わんとすることを理解した。

散々痛かった胸が今、小雪の言葉を聞いて安堵感に満ちている。

鈍い紗和でも、いい加減、気づかずにはいられなかった。

(私、ずっと、ヤキモチを妬いていたんだ)

「あ、あの……小雪さん。やっぱり、本当に申し訳ありませんでした……」

そう言うと紗和は視線を落とし、小雪に向かって深々と頭を下げた。

相変わらず常盤だけが、意味がわからないという顔をしている。

小さく笑った小雪は頭を下げた紗和の手を優しく取ると、長いまつ毛を静かに伏せた。

「紗和さん、謝らないでください。私、次は紗和さんに会いに、吾妻亭にまいりますから」

「え……」

「あなたとの探検、とっても楽しかったんです。頼りない私の手を取って歩いてくださったこと、そして私を守ってくださいましたこと、絶対に忘れません。本当に、ありがとうございました」

足元の悪い山道も、紗和と一緒だから楽しめた。

そう言葉を続けた小雪は、まだ足跡のついていない新雪のような、純真な笑みを浮かべた。

「お支払いはすでに済ませておりますので。私は、これで失礼いたしますね」

「あ、あのっ。お見送りさせてください！」

「ふふっ、ありがとう。では、そこまでどうかお願いいたします」

ロビーを抜けて玄関まで着くと、小雪はもう一度紗和と常盤を振り返った。

そして、不意に紗和の耳元に唇を寄せると……

「紗和さん、ちゃんと素直にならなければダメですよ。それで次に会ったときには、私とたくさん恋バナをしましょうね」

「え――……あっ！」

耳打ちされた直後、あたりに淡い雪が舞って、小雪の姿がどこかへ消えた。

季節外れの雪の結晶が、キラキラと夜空から落ちてくる。

(まるで星が落ちてきているみたい)

紗和は瞳を潤ませながら、空を見上げて息をはいた。

「……紗和。今、彼女となんの話をしていたんだ？」

そばにいた常盤が紗和に問いかけた。

振り向いた紗和は手にのった雪の結晶をそっと握りしめると、「それは内緒です」と答えてからほほ笑んだ。

「それより……常盤さん。今から、少しだけお時間をいただけますか？」

紗和は小雪に勇気をもらった。

対する常盤は紗和の問いに少しだけ不安げな顔をして、視線をそらした。

「別に、大丈夫だが……」

「ありがとうございます。私……常盤さんに、お話ししたいことがあるんです」

覚悟を決めた紗和の言葉を聞いた常盤は、一瞬だけ言葉に詰まったあと「わかった」と言って頷いた。

いつの間にか、空から降る季節外れの雪は止んでいた。

　そうしてふたりは玄関を出て、吾妻亭の裏へと向かった。

「ここなら、誰かに話を聞かれることもないだろう」

　ふたりがやってきたのは、吾妻亭の裏山に続く階段の中腹にある、四阿（あずまや）だった。

　四阿（あずまや）は、美しく咲き誇る紫陽花（あじさい）に囲まれている。

　こんなにも静かに紫陽花（あじさい）を堪能できる場所はここしかないかもしれない――と、紗和は感嘆の息をこぼした。

「こんなところに四阿（あずまや）があったなんて、今日まで気づきませんでした」

　緑に覆い隠されたこの場所は、まるで人目を避けるかのような造りをしている。

　反面、咲き誇る紫陽花（あじさい）や足元はきちんと手入れがされていて、常に誰かの目が行き届いているようにも思えた。

「ここは、吾妻亭の敷地内でも、俺の許可なしには入ってこられない特別な場所なんだ」

「え……」

「今のぼってきた階段も、俺の許可なしでは見つけることすらできないようになっている」

　予想外の返事に驚いた紗和は、反射的に常盤を見上げた。

「どうしてこの場所は、常盤さんの許可なしでは見つけることも入ることもできないんですか？」

「それはこの上に、俺の屋敷があるからだ」

「常盤さんの、お家が？」

「ああ。まぁ……寝るためだけに帰る屋敷だ。俺は吾妻亭に住んでいるようなものだしな」

苦笑いをこぼした常盤は、四阿（あずまや）の柱に手をついて夜空を見上げた。

常盤の艶のある黒髪は、夜と同じ色をしている。

（相変わらず、常盤さんがまとう色だけ視（み）えないけど……）

もう別に、視（み）えなくてもいい。

今の紗和は、心の底からそう思える。

「それで、俺に話したいこととは？」

覚悟を決めた紗和は常盤の横に立つと、静かに口を開いた。

「私……思い出しました」

「思い出した？」

「はい。常盤さんと出会ったときのこと。常盤さんを見つけたときのことを——思い出したんです」

そこまで言うと、紗和はそっと目を閉じた。

対する常盤は目を見開いて、息を呑んだ。

「ほ、本当に、思い出したのか？」

常盤の問いに頷いた紗和は、あらためて当時のことを回顧した。

子供のころ、紗和は両親とよく大仏切通しの道を〝探検〟だと言いながら歩いていた。

そんなある日のことだ。いつも通りに両親と大仏切通しを歩いていたら、なにやらあたりの気配が違うことに気がついた。

しかし、気づいたのは共感覚を持つ紗和だけだった。

紗和は衝動的に母と繋いでいた手を離すと、両親の制止も聞かずに気配のもととなる場所にひとりで向かった。

そうして、火の見下やぐらの前で倒れている小さなあやかしの男の子——常盤を見つけた。

「その子はボロボロで、色もほとんど視えなくなっていて……」

今にも命の灯が、消えそうだった。

当時の紗和はまだ、あやかしと人の区別が曖昧で、とにかく傷ついた男の子を助けたいという思いで必死に声をかけ続けた。

紗和と同じく視(み)える人だった両親は、ひと目で常盤があやかしであることに気づいたが、そのまま放っておくことはできずに家に連れ帰ったというわけだ。

「私はその子が早く目を覚ましますようにって、その子が眠っている隣で祈り続けました」

三日後にようやく目を覚ましたとき、紗和はホッとして、涙が出るほど嬉しかった。

『ねぇ、おなまえは？』

『なまえ……？　そんなの、ない』

けれど、目を覚ましたその子は、色を失くしたままだった。

目を離したら、すぐにでもどこかに消えてしまいそうなその子の手を、紗和はギュッと握りしめた。

「私は、その子に元気になってほしいと願いながら……。名前がないと言ったその子に、自分の家がある大好きな地名にちなんだ〝常盤〟という名をつけました」

『ときわ。じゃあ、きょうからあなたのなまえは、ときわだよ！』

「その子は私が初めてその名前を呼んだとき、とても嬉しそうに――幸せそうに、笑ったんです」

そこまで言うと紗和は閉じていた目を開き、隣に立つ常盤を見上げた。

紗和を見る常盤の目には、涙が滲(にじ)んでいる。

紅く濡れた瞳は美しく、紗和はたまらず、常盤の頬に手を伸ばした。

「ごめんなさい、私……。どうしてこんなに大切なことを、今日まで忘れていたんだろう」

決して、忘れてはいけないことだった。

絶対に忘れるはずがない出来事だったのに、紗和は今日まで〝呪いにかけられたように〟、当時の常盤に関することだけを思い出せなかった。

「常盤。あなたを最初にそう呼んだのは、私だったのに」

頬に触れた紗和の手に自分の手を重ねた常盤の瞳から、透明な涙の雫が一筋、こぼれ落ちた。

「常盤、本当にごめんなさい」

「……いいんだ。紗和はそのあと、両親を事故で亡くしてとてもつらい思いをした。記憶が混乱しているのは、そのときのつらさを紛らわすための一種の防衛本能のようなものじゃないかと俺は思う」

そう言うと常盤は、頬に触れていた紗和の手を愛おしそうに両手で包んだ。

「本当は俺からすべてを話したかった。だけど、俺を思い出すことで、紗和のつらい記憶まで呼び起こすことになるかもしれないと思ったら……話せなかった」

常盤は紗和のことを思って、今日まで口を噤んでくれていたのだ。

自分のことを思い出してほしい。だけど、思い出すことで紗和を苦しめてしまうことになるのではないか――と、ひとり、葛藤していた。

「紗和は今、苦しくないか？　つらくはないか？」

常盤の優しい声を聞いた瞬間、今度は紗和の瞳から涙の雫がこぼれ落ちた。

「それは……大丈夫。でも……ごめんなさい。私はまだ、常盤と過ごした色鮮やかな日々のこと、たった一部しか思い出せていないと思う」

常盤との出会いを思い出した紗和は、それ以外のことも思い出そうとした。

しかし、思い出そうとするとピリッとした痛みが額の中心あたりを走って、〝なにか〟が邪魔をするのだ。

結果的に、紗和は常盤とした結婚の約束についても、まだ思い出せないままだった。

「とても大切な時間だったってことだけは、感覚として残っているのに――」

「大丈夫だ。紗和が思い出せずとも、ともに過ごした日々のすべては俺がしっかりと覚えている」

戸惑う紗和を、常盤がそっと抱き寄せた。

とくん、とくん、と耳に届く鼓動が優しくて、心地いい。

「幼い紗和が俺にくれた優しさも、愛も、言葉も、笑顔も……。すべてが今の俺を鮮やかに彩っている」

そのときだ。

常盤の腕の中で顔を上げた紗和は初めて、常盤がまとう色を視た気がした。

「透明……？」

「ん？　ああ……。そういえば子供のころにも、紗和にそう言われたな」

『ときわのいろは、とうめいだ！』

常盤がまとう色──それは月の光のような、なにものにも浸蝕されない無色透明だったのだ。

「俺は紗和と出会って名前をもらい、献身的に世話をしてもらったことで、死なずに済んだ──いや、生まれ変わったのだと思っている」

一度命を失いかけた常盤には、結局、ほぼ消えていた元の色は戻らなかった。

でもそれは完全に色を失ったというわけではなく、新たな色がついただけだというのが、常盤自身の見解だった。

「それが、透明……」

「ああ、俺には視えないが、紗和が言うのならそうなんだろう」

「常盤は、すごく綺麗な色だね」

「え……」

「そうだ、私……。子供のころにも、常盤にそう言った気がする。それで私はあなたに、自分には人がまとっている色が視えるんだって秘密を打ち明けたんだ」

幼い紗和がドキドキしながら秘密を打ち明けたら、常盤は、

『話してくれてありがとう』

と言って、くすぐったそうに笑ってくれた。

「常盤、ごめんね。私のことを忘れないでいてくれて、本当にありがとう」

そこまで言った紗和が常盤の着流しを掴むと、常盤はふっと紗和から目をそらして、顔をほんのり赤く染めた。

「常盤？」

「……初めはストーカーだと言われて、引かれたな」

「そ、それは……。でも、ストーカーなのは間違いないでしょ？」

思わず顔を見合わせたふたりは、息をこぼして笑った。

自身の腕の中でほほ笑む紗和を見た常盤は、たまらずに力いっぱい抱きしめた。

「と、常盤？　どうしたの？」

「紗和、好きだ。もう絶対に、離したくない」

「う……うん。ありがとう。常盤に好きって言ってもらえるのは、すごく嬉しい」

その返事を聞いた常盤は、パッと身体を離すと、紗和の顔を覗き込んだ。

「嬉しいってことは、紗和も俺と同じ気持ちだということか？」

紅く濡れた瞳が、キラキラと輝いている。

（なんか、子供のころにもこんな感じで見つめられたりした気がするなぁ）

曖昧（あいまい）に笑った紗和は、真っすぐに自分を見つめる常盤を見て、くすぐったい気持ちになった。

「まだ、同じくらい……ではないかもだけど。私もたぶん……常盤のことが、好き、だよ」

　恋と言うにはまだ早いかもしれない。

　それでも常盤には、そばにいてほしい。常盤が誰かのものになるのは嫌だ、常盤が自分以外の女の子に笑いかけるのを見ると、どうしようもなくモヤモヤする。

（う〜〜ん。そう思うってことは、やっぱり恋なのかな？）

　思い悩む紗和を見て、常盤が焦れったそうに口を開いた。

「……紗和、もう一度言って」

「え？」

「俺のことが好きって、もう一度言ってほしい」

　常盤の腕に抱かれたまま紗和が顔を上げると、熱のこもった甘い瞳と目が合った。

「い、言わない」

「なぜ？」

「な、なぜって……。そんなに何度も言うのは恥ずかしいからです……」

蚊の鳴くような声で答えた紗和は、そっと常盤の身体を押し返すと、常盤に背を向けた。

紗和に逃げられた常盤は、子犬のようにシュンと眉尻を下げて肩を落とした。

けれどすぐに紗和を後ろから抱きしめると、赤くなっている紗和の耳に唇を寄せる。

「……わかった、今は我慢する。紗和が言ってくれないぶん、俺が紗和に好きだと伝え続けるよ」

「え……」

「好きだよ、紗和。愛している。お試し期間終了まであと十ヶ月あるし、その間に、紗和を俺なしでは生きられないようにしてみせる」

紗和の耳元で囁いた常盤は、紅い瞳を細めて魅惑的に笑った。

高鳴る鼓動音はすべて、常盤に伝わってしまっているだろう。

甘い毒が身体中にまわったように、紗和は常盤に抱きしめられたまま身動きが取れなくなった。

「俺はすでに、紗和なしじゃ生きられない。これからは、これまで以上に遠慮なく攻めさせてもらうから、覚悟しておいて、俺の花嫁殿――」

そう言った常盤の唇が、まだ涙が残る紗和の目尻に優しく触れた。

煌めく流れ星が夜空を駆ける。
鎌倉に咲く美しい花々だけが、見つめ合うふたりのことを見守っていた。

チェックアウト

「紗和さん、今日は折り入ってご相談があるのですが」

長雨に悩まされた梅雨が明け、鎌倉にも太陽が空高く輝く季節がやってくる。

「小牧さんが、私にご相談ですか？」

午後に訪れる予定のお客様を迎える準備をしていた紗和は、庭園が見える渡り廊下を歩いていたところを小牧に呼び止められた。

（小牧さんが私に相談があるなんてめずらしいな）

振り返った紗和は不思議そうに小牧を見た。

めずらしく神妙な面持ちをしている小牧は、紗和を見て言いにくそうに口を開いた。

「紗和さんが住む、お部屋のことについてなのですが」

現在紗和は、従業員用の住居棟の一室が空くまで、期間限定で吾妻亭内に用意された部屋に住んでいた。

そこまで広くはない一室だが、無職の家なしだった紗和にとっては地獄で仏に会ったかのような有り難い部屋だった。

「実は今、紗和さんが住んでいる一室を、急な来客用の部屋に改装しようという話になっておりまして」

急な来客とは、河吉たちのような客のことをいうのだろう。

「それで、紗和さんが住むお部屋を、別に用意しようという話になったのですが……」

「でも、従業員用の住居棟の部屋は、まだ空いていないんですよね？」

申し訳なさそうな顔をしている小牧を前に、紗和の心臓が不穏に高鳴った。

（これってもしや、また家なしになるフラグ？）

と、紗和は顔色を青くして小牧を見つめ返したのだが——

「紗和は俺の屋敷に、俺と一緒に住むんだよ」

「……え？」

待ってましたとばかりに現れた常盤が、小牧の言葉を遮（さえぎ）った。

あわてて紗和が振り向くと、今日も見目麗しい常盤がニコニコしながら紗和のそばまで歩いてきた。

「わ、私が、常盤の屋敷に一緒に住む……？」

「ああ、俺の屋敷なら部屋は空いているし、紗和は俺の花嫁なんだから、一緒に住んでもなんの問題もないだろう？」

（いやいやいやいや……！）

問題大ありですし、そもそも私はまだあなたの花嫁にはなってないんですけど――

と、心の中でツッコんだ紗和は、今度こそ顔色を青くした。

「ハァ……。そういうわけでして。紗和さんには大変申し訳ないのですが、常盤様の屋敷に移り住む件を、ご承諾いただけないでしょうか？」

またずらしく、シュンと肩を落とした小牧が、紗和に追い打ちをかけた。

「も、もしかして……。今、私が使っている部屋を来客用の部屋に改装しようというのは、常盤が出した案ですか？」

確信しながら尋ねた紗和の問いに、小牧はまた申し訳なさそうな顔をして頷いた。

職権濫用もいいところだ。

肝心の常盤はといえば、相変わらず超がつく上機嫌で紗和のことを見つめていた。

「次の紗和の休みの日には、小町通りあたりに揃いの湯呑みなど買いに出掛けようか」

そう言うと常盤は紗和を抱き寄せて、とても幸せそうにほほ笑んだ。

対する紗和は、その笑顔を見たら怒ることができなくなって……

「ハァ……」

諦めのため息をついた。

「なんだかここだけ、気温が高くなっているような気がしますね」

「す、すみません……。要求を呑む代わりに、常盤には小牧さんをこれ以上困らせないように言いますので」

紗和の言葉を聞いた小牧が、「よろしくお願いします」と答えて穏やかな笑みを浮かべる。

「それじゃあ、交渉成立だな。紗和は今晩にでも、俺の屋敷に引っ越しておいで」

「えっ⁉　い、いくらなんでも、そんな急には無理ですよ！」

「なぜだ？」

「な、なぜって、それは……。私にだって、心の準備がありますから……」

「こ、心の準備ができていない紗和も推せる……っ」

くうっ！　と唸った常盤は、紗和から手を離して大げさに天を仰いだ。

（私、この人のことを好きとか言っちゃったけど、本当に大丈夫かな？）

そんな常盤を紗和が白い目で見ていたら、今度はバタバタという足音がふたつ近づいてくるのが聞こえた。

「あっ、紗和、ここにいたの！　って常盤様もいるじゃない。さっき向こうで、阿波さんが常盤様を捜していましたよ？」

「小牧さん、いたいた〜！　お客様にお出しするお料理のことで、オレと親方から相談があるんですけど〜」

現れたのは稲女と義三郎だ。

ふたりは紗和と常盤と小牧を前に、それぞれ思いのままに話し始めた。

(今日も、忙しくなりそうだなぁ)

季節は夏目前。まだ、蝉の声は聞こえない。

代わりに吾妻亭からは、色とりどりの賑やかな声が聞こえてきた。

「常盤、仕事に戻りましょうか」

「ああ、そうだな。俺の、愛しい花嫁殿」

紅く濡れた瞳が優しく細められる。

その瞳を見つめ返した紗和は、幸せそうにほほ笑んだ。

ここは鎌倉にある、あやかし専門の幽れ宿(かくれやど)。

普通の人には見つけられない不思議なお宿だ。

〝お客様、本日は、ようこそいらっしゃいました〟

吾妻亭では重すぎる愛を抱えた主人と、個性豊かな従業員たちが、お客様のお越しを笑顔でお待ちしております——

延泊　追憶の彼方と愛しいきみ

強い妖力と強靭な肉体を持つことで、多くの者に恐れられている鬼族。

鋭敏な頭脳と高い感性を持ち、有識者や権力者に一目を置かれている狐族。

古より鬼族と狐族は幽世の二大勢力とされ、数多あるあやかし一族の中でも特に秀でた血族として権威を振るってきた。

しかし、力が大きな者たちが併存すれば、争いが避けられないのは世の理だ。

鬼族は狐族の狡猾さを嫌い、狐族は鬼族の粗暴さに辟易し、長年ふたつの血族は相容れぬ関係であった。

ところがあるとき、鬼族の鬼の男と狐族の妖狐の女が出会い、恋に落ちた。

ふたりは禁を犯して逢瀬を重ね、因習を破って深い愛を育んだ。

そうして、ふたりの間には愛の結晶とも言える男児が生まれた。

ふたりは子の誕生を心の底から喜んだが、それは束の間の幸せに過ぎなかった。

ふたりが一族を裏切り、邪血妖である子を産み落としたことを知った鬼族と狐族の当主は、それぞれの家へとふたりを連れ帰って引き離した。

「まさか、誇り高き血を穢すような愚か者が現れるとは……」

「此度の重罪、その命をもって償ってもらおう！」

結果としてふたりは、互いの家名を穢した罪で処刑された。

残された邪血妖の男児はふたりの死に際の懇願により生かされたが、〝存在自体が罪の象徴〟とされ、長い間、鬼族の屋敷で碌な食事も与えられずに奴隷のような扱いを受けた。

――そうして、年月が過ぎ去ったある日。鬼族の次期当主を決める宴が、鬼族総本家で開かれることとなった。

用意された余興は〝邪血妖狩り〟。

その名の通り、男児のようなふたつ以上のあやかしの血が混ざった邪血妖たちを集めて、鬼族が管理する森に放ち、名乗りを上げた純血妖が猟するというものだった。

その余興には、男児をよく思っていない鬼族の次期当主候補のひとりが参加することになっていた。

男児はいよいよ死を覚悟し、生きることを諦めた。

しかし余興が始まってすぐに、同じく狩りの対象として森に放たれた邪血妖のひとりが、憐れな男児に救いの手を差し伸べた。

「俺はこれまで散々、純血妖どもに苦汁を飲まされた。この命が尽きようとしている今、奴らに一矢報いたい」

「無知なお前にひとつ、いいことを教えてやろう。邪血妖は心の底から愛しいと思える相手に出会うことで妖力が覚醒し、純血妖にも負けず劣らず……いや、それ以上に強い力を得ると言われている」

「純血妖どもは、己らが蔑んでいる我らの妖力が覚醒し、追い落とされるのを本心では恐れているのだ」

「小僧、一度死ぬ覚悟をしたお前に怖いものはない。ここから生き延びた先で、誰かを愛することを恐れるな」

自分と同じ邪血妖の男に告げられた言葉は、物心ついたころから愛に触れずに生きてきた男児にとっては絵空事のように感じられた。

「まぁ、難しいことをいろいろ言ったが、お前は虫の息だ。本当に生き延びられたら幸運と思い、お前の自由に生きればいい。お前にはその権利があるのだから」

邪血妖の男はそう言って笑うと、残った妖力のすべてを使って男児を鎌倉現世へと逃がした。

幽世と現世を繋ぐ真っ暗な闇の隧道を抜けた男児がたどり着いたのは、木々が鬱蒼と生い茂る山の中だった。

鳥や虫たちの鳴き声が響く山中を、男児はいつ追手が現れるかもわからぬ恐怖に怯えながら、三日三晩歩き続けた。

――そうして迎えた、四日目の朝。

いよいよ男児は力尽きて、いつの間にかたどり着いていた〝やぐら〟のそばで倒れた。

そもそも自分はどこを目指して歩いていたのかもわからない。自分を逃がしてくれた邪血妖の男には申し訳ないが、ただ、死ぬのが数日延びただけだ。

男児は、だんだんと意識が薄れていくのを感じながら、〝自分はなんのためにこの世に生まれてきたのだろうか〟と考えた。

顔もぬくもりも思い出せない父と母に対して、なぜ自分を生かしたのかと、怒りにも似た感情を抱いてしまう。

自分を逃がした邪血妖の男は愛がなんだと嘯いていたが、両親の愛という身勝手な理由に振り回されたのが、他でもない男児自身だ。

とてもじゃないが、愛を信じる気にはなれない。

それでも男児の脳裏には、邪血妖の男が言った〝誰かを愛することを恐れるな〟という言葉が繰り返し響いており、考えずにはいられなかった。

――自分以外の誰かを愛するとは、どういうことだろう。

愛されるとは、どういうことなのか。

しかし、すべては考えるだけ無駄なこと。自分はこのままここで、誰にも気づかれることなく消えるのだから。

男児は目を閉じ、自分の数奇な運命を呪った。

ところが、意識が完全に途絶えたあと、男児はとても不思議な夢を見た。

「ねぇ、そこにいるのはだぁれ？」

夢の中では何度も何度も〝紗和〟と名乗る女の子の声が聞こえた。

「はやくげんきになぁれ。さわがきたから、もうだいじょうぶだよ」

「おきたら、おいしいごはんをいっぱいたべようね。さわのげんきパワー、たくさんわけてあげるからね」

「こわくないよ。もしも、こわいものがきても、さわがまもってあげるからね」

「だいじょうぶ、さわがずっとそばにいるよ——」

そうして、男児が次に目を覚ましたとき。

一番に目に映ったのは、とても可愛らしい女の子の顔だった。

女の子は目を覚ました男児を見て、もともと大きな目をさらに大きく見開いて、花が咲いたような笑みを浮かべた。

「よかった！　すごくすごく、がんばったね！　えらいね！」

……なぜだろう。男児は、紗和のその言葉を聞いた瞬間、どうしようもなく泣きたくなった。

生きたい、生きようなどとは微塵も思っていなかったはずなのに。

紗和の笑顔と言葉を聞いた瞬間、生きててよかったと心の底から思ったのだ。

「あら、目が覚めたのね！　本当によかった。お腹がすいているでしょう。なにか食べたいものはない？」

「僕らは人だから、あやかしの身体については詳しくないけど……。三日間も寝ていたんだ。無理はせず、つらかったらまだ横になっているといい」

紗和の両親は目覚めた男児にそう言ってほほ笑みかけた。

そして言葉の通り、紗和と一緒に、まだ本調子ではない男児に甲斐甲斐しく世話を焼いた。

男児は自分が人間に助けられたことに驚きを隠せなかったが、初めてのぬくもりに対して戸惑いながらも感動を覚えた。

「これはね、〝おもてなし〟っていうんだよ」

「おも、てなし？」

「うん。じぶんがされてうれしいことをあいてにしたら、じぶんもうれしくなってみんなしあわせになれる、まほうみたいなことだよ！」

そう言うと、紗和は太陽みたいな笑みを浮かべた。

自分がされて嬉しいことを相手にしたら、自分も嬉しくなってみんな幸せになれる――

紗和が何気なく口にした言葉は、とても印象深く男児の心に残った。

「ねぇ、おなまえは？」

「なまえ……？　そんなの、ない」

まだ齢五つの紗和は、男児に尊ぶべき多くの感情と経験をもたらした。

「ときわ。じゃあ、きょうからあなたのなまえは、ときわだよ！」

〝常盤〟。紗和から与えられた名前は、その最たるもののひとつだ。

「ときわには、とくべつに、さわのタカラモノをあげるね！」

「タカラモノ？」

「みて、ドングリだよ！　あきになると、コナラってなまえのきから、たくさんおちてくるの！」

紗和と一緒に過ごすうちに、ひとつ、ふたつと、常盤に宝物が増えていく。

物心ついたときから笑ったことがなかった常盤も、紗和や紗和の両親と過ごしているうちに、自然と笑えるようになっていった。

「みて！　あのてんじょうのシミがね、おばけみたいでちょっとおもしろいんだよ」

「やった－！　ときわより、さわのほうがせがたかい！　さわ、ギュウニュウたくさんのんでるからね！」

「ときわは、かまくらすき？　さわはね、かまくらだ～いすきなんだ！」

「ときわ、さわとずっといっしょにいようね。おとなになっても、ずっとずっといっしょだよ」

　手を繋いで、一緒に走って、ときには失敗して転んで怒られて、顔を見合わせて笑い合った。

　これが〝幸せ〟。

　常盤は、こんな日々がこれからもずっと続けばいいと、心の底から願っていた。

「ときわ、さわといっしょに、おまつりにいこうよ！」

――けれど、その幸せはそう長くは続かなかった。

　常盤が紗和に拾われ、紗和とともに暮らすようになって一ヶ月が過ぎたころ、ふたりは鎌倉市内のとある神社の祭りに出かけることになった。

　といっても、常盤は邪血妖の中でも妖力は最弱部類。視えない人にも視えるように化けられる力すらなく、今のところ紗和と紗和の両親にしか視ることができなかった。

「紗和、お祭りでは周りの人たちには常盤くんの姿は視えてないってことを、ちゃん

「また、〝だれもいないところにはなしかけてるヘンなこ〟って、わらわれちゃうから？」

幼い紗和の問いに、両親は曖昧に笑って紗和の頭を優しく撫でた。

そうして紗和と常盤は、紗和の両親とともに鎌倉の町に繰り出した。

「うわ……すごい！」

初めて祭りというものに参加した常盤は、終始感動しきりだった。

あふれる人に、賑やかな境内。空気を震わす祭囃子に、色とりどりの屋台の数々。

「昼間は、迫力満点の神輿も見られたみたいだよ」

今年は見ることはできなかったけれど、来年は一緒に見られたらいいね——と、紗和の父は〝人知れず〟瞳を輝かせていた常盤を見てほほ笑んだ。

——見つけた。

そのときだ。どこからともなく、低く唸るような声が聞こえた。

常盤は反射的に空を見上げたが、声に気づいたのは常盤だけのようで、紗和だけでなく紗和の両親、そして周りの人々も当然のように一切反応を示さなかった。

「紗和、今——」

変な声が聞こえた。常盤は前を歩く紗和に伝えるべきか悩んだ。

しかし、祭りの前に交わされた紗和の母と紗和の会話を思い出して、とっさに口を噤んでしまった。

『また、〝だれもいないところにはなしかけてるヘンなこ〟って、わらわれちゃう』

自分が今、紗和に話しかけたら、紗和に迷惑がかかるかもしれない。

そう考えた常盤は逡巡したあと、紗和の父に「ちょっと向こうを見てくる」とだけ告げてその場を離れ、ひとりで声の主を捜した。

——まさか、人に匿われていたとはな。

ふたたび聞こえた声に誘われるように、常盤は境内の奥へ奥へと進んでいった。

それからしばらく常盤はあたりを捜索したが、結局、声の主を見つけることはできなかった。

自分の思い過ごしか、空耳だったのかもしれない。

いつまでもフラフラしていたら紗和に心配をかけてしまうだろうと考えた常盤は、来た道を戻り、紗和たち家族のもとへと急いだ。

「あ！　と、常盤くんっ。紗和を見なかったかい⁉」

ところが、常盤が紗和の両親を見つけて合流したとき、そこに紗和の姿はなかった。

「わたがしを買うために並んでいたら、急に〝あっちにだれかいる！〟と言って、走り出してしまって……」

あわてて追いかけたのだが、紗和は人ごみにまぎれたあと、まるで神隠しに遭ったかのように姿を消したのだという。

「今、手分けして捜していたところなんだけど、誰もひとりで歩いている小さな女の子を見ていないと言っていて――って、常盤くん⁉」

紗和の両親の話を聞いて悪い予感がした常盤は、回れ右をして走り出した。

〝あっちにだれかいる！〟と言った紗和が指さしたらしい方向は、常盤が得体のしれない声が聞こえてきた気がして確認しに向かった場所と一致していた。

やっぱりあれは、空耳ではなかったのだ。

不思議とそう確信した常盤は紗和を捜すべく、全速力で人ごみをすり抜けた。

息が切れるほど走ったのは生まれて初めてだった。

〝邪血妖狩り〟で森に放たれ、命の危機に瀕したときですら、こんなにも必死にはならなかったのに。

「――紗和っ‼」

息を弾ませる常盤が足を止めたのは、境内の片隅にある大木の前まで来たときだった。

大木の根元には撫子色の浴衣を着た紗和が意識を失った状態で倒れており、思わず常盤の全身が粟立った。

「ヒヒッ。主様の言う通り、本当に追いかけてきやがった」

倒れている紗和のそばには、濡羽色の靄のようなものがうごめいていた。

常盤は瞬時にそれが、高位のあやかしの式神であることを察知して、身構えた。

式神といえども、大きな妖力を持つあやかしが作ったのであれば、邪血妖である常盤には敵いもしない相手だ。

「あ、あやかしが人に手を出すことは、ご法度とされているはずだ！」

それでも常盤は必死に声を張り上げた。

すると、

「ヒヒッ、そうだなぁ。だが、まだ手を出してはいないさ。俺は主様の命令で、この人間の娘にどれだけの利用価値があるかを見定めに来ただけだからなぁ」

濡羽色の式神――靄はそう言うと、倒れている紗和の身体を包み込み、そのままどこかへ連れ去ろうとした。

「ま、待てっ！　紗和をどこへ連れていく気だ‼」

また声を張り上げた常盤は靄に向かって焔を放ったが、弱弱しいそれは靄に一息で吹き消されてしまった。

「ヒヒヒッ！　邪血妖ごときの妖力では、この俺に傷ひとつつけられないぜ！　なんてったって俺は、今この瞬間も、主様から妖力を送ってもらっているからなぁ」

靄は無力な常盤を一蹴すると、嘲笑うように紗和を包み込む濡羽色を広げた。

紗和の身体のほとんどが靄に包まれ、見えなくなってしまう。

このままでは紗和を取り戻すことはできない。

紗和ともう二度と会えない。紗和を失ってしまうかもしれない――

焦り出した常盤の胸の鼓動が、ドクン！　と力強く跳ねた。

「い、嫌だ……っ！　紗和は誰にも渡さないっ！」

次の瞬間、雲ひとつない夜空を白い雷が駆け抜け、常盤の身体に黒い焔が宿った。

「な、なんだ!?」

直後、あたりに膨大で禍々しい妖力が充満する。

その妖力の中心に佇む常盤に睨まれた靄は思わず怯んだ。

黒い焔をまとう常盤の瞳の色は、つい先ほどまでは黒かったのに、今は紅く濡れていた。

「嘘みたいに、力があふれてくる……」

「な、なんだと？」

「式神！　今すぐ、紗和を離せ。さもなくば、貴様の主ごとこの世から消し去ってやるぞ！」

「ぎゃあああ!!」

常盤が手をかざした瞬間、靄の一部が黒い焔に包まれ蒸発した。

湧き出る妖力が激流となって身体の中で渦巻いているのがわかる。

そのとき常盤の脳裏に、自分を幽世から逃がした邪血妖の男の言葉が蘇った。

『無知なお前にひとつ、いいことを教えてやろう。邪血妖は心の底から愛しいと思える相手に出会うことで妖力が覚醒し、純血妖にも負けず劣らず……いや、それ以上に強い力を得ると言われている』

——そういうことか。

心の中で頷いた常盤の視線の先には、意識を失った紗和がいた。

紗和を奪われると思ったら、たまらない気持ちになった。

紗和は俺のものだという身勝手な気持ちがあふれ出して止まない。

そしてそれ以上に、今、紗和はなぜ気を失っているのか。なにか手荒な真似をされたのでは？　と考えたら、怒りでどうにかなりそうだった。

「紗和を傷つけるものは、何者であろうと許さない」

「ぎゃあああああ!!」

ふたたび靄の一部が蒸発した。けれど不思議と、靄が包んでいる紗和には傷ひとつついていなかった。

「なぜ紗和に手を出したのかは知らないが、もしもまた同じことをしてみろ。俺は貴様の主を含めた周囲になにをするかわからないぞ」

靄を指さす常盤の指先に黒い焔が灯った。

これには靄もたまらずに紗和を離して、パニックになりながら周囲を逃げ惑い始めた。

「わ、わかった！　主様にはお前の言葉を伝えるからっ！　だから、これ以上はもうやめてくれっ。俺を伝って、主様にも酷い火傷を負わせちまう！」

「ん……っ」

靄が命乞いをした直後、解放された紗和が小さな声をもらした。

「紗和っ⁉」

黒い焔をまとう指をおろした常盤は、すぐに紗和のもとへと駆け寄った。

その一瞬の隙をついて、靄はどこかへ逃げて、姿を消した。

「とき、わ？」

「紗和、大丈夫か？　どこか痛むところはない？」

常盤に支えられながら身体を起こした紗和は、首をゆるゆると横に振った。

「だいじょうぶ。でも、さわはなんでこんなところでねてたんだろう……」

不思議そうに目を丸くする紗和を前に、常盤は真実を伝えるべきか迷った。

「……紗和は、迷子になったんだよ。それで、お父さんとお母さんのところに戻ろうとした途中で疲れて寝ちゃったんだと思う」

結局、常盤は嘘をついた。

真実を教えて、紗和を怖がらせたくはないと思ったからだ。

「紗和、お父さんとお母さんが心配してるから、すぐに戻ろう」

そう言うと常盤は紗和の手を取って立ち上がった。

すると常盤の瞳の色が変わっていることに気づいた紗和が、花が咲いたようにほほ笑んだ。

「わぁっ！ ときわのめ、すごくきれいだね！ さわがだいすきな、りんごあめのいろになってる！」

自分を見てキラキラと瞳を輝かせる紗和を前に、常盤は思わず顔を赤らめた。

「さ、紗和に大好きって言われると、胸がギュッとなって苦しくなる」

「え？ どうして？」

「そ、それは……。俺が、紗和のことを好きだから……かな」

言葉にした瞬間、また激流のような妖力が身体の中からあふれ出した。

「あついっ！」

その瞬間、常盤と手を繋いでいた紗和が悲鳴をあげた。

「えっ⁉」

ハッとして常盤が自身の手を見ると、そこには靄を蒸発させた黒い焔が灯っていた。

「さ、紗和、ごめんっ！　俺……っ」

紗和に黒い焔が燃え移ることはなかったが、常盤と手を繋いでいた紗和の右手のひらは、ほんのりと赤くなっていた。

今すぐ自身の手に灯っている黒い焔を消さなければ。紗和にケガをさせてしまう。

紗和に触れたいのに触れられない――

常盤は焦れば焦るほど、黒い焔を消すことができなくなった。

妖力が覚醒したばかりの常盤は、膨大な力をまだうまく制御することができなかったのだ。

「紗和っ、常盤くんっ！　よかった、こんなところにいたのね！」

その後、紗和の両親がふたりを見つけた。

常盤は紗和とともに紗和の家に帰るべきか悩んだが、結局その日、三人の前から姿を消して、紗和と初めて出会った大仏切通しの火の見下やぐらで一夜を明かした。

そうして朝を迎えた常盤は、決意を胸に、紗和のもとを訪ねた。

夜の間に左手のひらの黒い焔を消すことはできたが、妖力のすべてを制御するには程遠い。

これではいつまた、紗和や紗和の両親に迷惑をかけてもおかしくない。

さらに常盤の懸念は、突然覚醒した妖力だけにとどまらなかった。

常盤の妖力が覚醒したことに気づいた幽世の純血妖たち……とくに鬼族と狐族が知ったら、なにをしてくるかわからない。

濡羽色の靄――式神が、なんの目的で紗和に近づいたのかも結局不明のままだ。

自分が紗和たちと一緒にいることで、紗和と紗和の両親をあやかし同士の無益な争いに巻き込むことになるかもしれない。

結果として常盤は、紗和の家を出ていくことを決意した。

妖力が自分の思うままに制御できるようになり、いつどこから鬼族と狐族の厄介者が現れても、守りたいものを守れるようになるまでは……。

「やだっ！　さわはぜったいに、ときわとはなれないっ！」

ところが五歳の紗和の説得は難航した。

いつも太陽のようにニコニコ笑っている紗和の涙を見たのは、その日が初めてだった。

「ときわは、さわのことがすきだっていったのに！　それなのにどうして、さわのいえをでていくの⁉」

紗和に泣いて引き留められた常盤は狼狽えた。

好きな子を泣かせてしまった罪悪感。同時に、紗和が自分を想って泣いてくれたことに歓喜し、自身の紗和に対する愛の深さを思い知った。

〝自分はなんのためにこの世に生まれてきたのだろうか〟

死を覚悟したあの日、常盤は薄れゆく意識の狭間でそう考えたが、今ならその答えがわかる。

――自分は、紗和と出会うために、この世に生まれてきたのだ。

「紗和、本当にごめん。だけど今は一緒にいられなくても、いつかまた必ず、一緒に過ごせる日が来るよ」

「ほんとう？」

「うん、本当だ」

常盤は決意を胸にそう言うと、おそるおそる、涙を流す紗和の手を取った。

「紗和が大きくなったら、迎えに来るよ」

真っすぐに目を見て伝える。

「だから……そのときはどうか、俺のお嫁さんになって」

常盤が緊張で震える息をはくと、紗和は涙で濡れた目を丸くしたあと、花が咲いたようにほほ笑んだ。

「わかった。ぜったいの、やくそくだからね！」

絶対の約束。

その約束だけは必ず守ってみせる。絶対に守りたいと、常盤は強く思った。

＊＊＊

「——常盤様がうたた寝をするのは、めずらしいですね」

夏が始まろうとしているある日。

常盤は吾妻亭の裏山にある四阿（あずまや）に置かれた長椅子に座りながら、いつの間にか眠ってしまっていた。

「小牧か。……なんだか、懐かしい夢を見ていたようだ」

次の予定を知らせるために常盤を捜しに来た小牧を見た常盤は、ゆっくりと立ち上がって小さく笑った。

四阿（あずまや）を取り囲むように咲いていた紫陽花（あじさい）の花は色褪せ、薄れてしまう記憶を連想させて物寂しい。

そっと目を閉じた常盤は、たった今見た夢に思いを馳せた。

常盤に紗和を責める気は一切ないが、それでも愛する人が自分と過去に過ごした日々の記憶のほとんどを忘れてしまっているというのは切ないものだ。

「そういえば、常盤様にひとつ、確認したいことがあったのです」

と、ひとりで考え込んでいた常盤に、小牧が切り出した。

「俺に確認したいこと？」

「はい。常盤様が吾妻亭を作った、本当の理由についてです。この場で私の推測を、お話しさせていただいてもよろしいでしょうか？」

そう言うと小牧は、常盤の返事を待たずに淡々と語り出した。

「常盤様は、居場所を失くして現世にやってきたあやかしたちの心の拠りどころとなるようにと、吾妻亭を作られた——というのは、もちろんそれも本当の理由だとは思いますが、自分はそれだけが理由ではないと長年勘ぐっておりました」

小牧の心の中を見透かすような瞳から、常盤はそっと目をそらした。

「常盤様は、いつの日か、自身が愛するただひとりの女性を迎えに行ったときに、その女性のことを守りたいと思って——いや、その女性が安心して暮らしていける場所を用意するつもりで、吾妻亭を作ったのではないですか？」

小牧のその問いに、常盤は頷くことはしなかった。

けれどそれが逆に、小牧の推測が当たっていることを裏打ちした。

「それにしてもなぜ、〝宿屋〟だったのでしょうか」

「〝自分がされて嬉しいことを相手にしたら、自分も嬉しくなってみんな幸せになれる〟からだ」

「え？」

「まぁ……つまるところ、俺のすべては紗和でできてるってことだよ」

満足げに笑った常盤は、蝋燭のように立てた人差し指の先に黒い焔を灯らせ、それをフッと吹き消した。

今、常盤の脳裏に浮かぶのは、自分に愛とぬくもり、かけがえのない幸せを教えてくれた、たったひとりの愛しい人。

十七年前、紗和のためならなんでもしようと心に誓った。

たとえストーカーだと罵られようとも……何者からも紗和を守り抜いてみせると決めたのだ。

「本当に、重量級の愛ですね」

「そうだな。今日の紗和は、俺よりも小牧と話している時間が一分三十五秒ほど長いことも知っているし」

常盤の返事を聞いた小牧が、呆れた様子で小さく笑った。

目を閉じれば今でも鮮明に、常盤は小さな紗和と過ごした尊い日々を思い出せる。

紗和が名を呼んでくれるだけで常盤の胸が震えること。

あのころの紗和も、今の紗和も、きっと、知らないだろう。

「ああ、次の予定に向かう前に、紗和の顔を見たくなったな」

――俺はこれからこの場所で、きみにどれだけの幸せを返していけるだろう。

いや、きっと。

今この瞬間も、愛しいきみに幸せをもらっている俺は、一生かけても返しきれないことだろう。

空を見上げた常盤は、紗和の笑顔を思い浮かべて笑った。

その常盤の笑顔を見た小牧も、幸せそうにほほ笑んだ。

朝比奈希夜
訳あって
あやかしの子育て
始めます
1～2

朝比奈希夜
訳あって
あやかしの子育て
始めます
ほっこりドタバタ
住み込み生活♪

春龍街のあやかし謎解き美術商
謎が解けない店主の臨時助手始めました
雨宮いろり
Irori Amemiya
特別な眼を持つOL
×
最凶のあやかし
アルファポリス
第5回
キャラ文芸大賞
謎解き賞
受賞作!
善悪コンビの謎解き奇譚！

白川ちさと
ダブルファザーズ
DOUBLE FATHERS
なぜだか、うちには
お父さんが二人いる。
アルファポリス
第5回
ほっこり・じんわり大賞
「涙じんわり賞」
受賞作！
まれた時に母親を亡くし、父子家庭で育ってきた沙織。
女には、二人の父親がいる。一人は眼鏡をかけて商社
働いている裕二お父さん。もう一人はイラストレーター
家事が得意な、あっちゃんパパ。自分の家はちょっと変
っているけれど、ごく普通の家族として生活している
── そう思ってきたけれど、時に奇異のまなざしを向けら
たり、陰口を叩かれたりして……。どうして自分には父
が二人もいるのか。自分の本当の父親は誰なのか。これ
、沙織が自分のルーツを知る物語。
定価：726円（10%税込）　◉ISBN:978-4-434-32928-9　◉Illustration：丹地陽子

身が朽ちるまで
そばにいろ、俺の剣——

「今日から貴方の剣になります」後宮の誰もに恐れられている貴妃には、守り抜くべき秘密があった。それは彼女が貴妃ではなく、その侍女・孫灯灯であるということ。本物の貴妃は、二年前に不審死を遂げていた。その死に疑問を持ちながらも、彼女の遺児を守ることを優先してきた灯灯は、ある晩絶世の美男に出会う。なんと彼は病死したはずの皇兄・秦白禎で……!?　毒殺されかけたと言う彼に、貴妃も同じ毒を盛られた可能性を示され、灯灯は真実を明らかにするために彼と共に戦うことを決意し——

定価：726円（10%税込み）　ISBN 978-4-434-32810-7

イラスト：雲屋ゆき

梅野小吹
Kobuki Umeno

鬼の御宿の嫁入り狐

［おにのおやどの よめいりぎつね］

アルファポリス
第6回キャラ文芸大賞
あやかし賞
受賞作

出会うはずのなかった二人の、
《異種族婚姻譚》

「その傷ごと、俺がお前を貰い受ける」

鬼の一族が棲まう「織月（ひづき）の里」に暮らす妖狐の少女、縁（より）。彼女は幼い頃、腹部に火傷を負って倒れていたところを旅籠屋の次男・琥珀に助けられ、彼が縁を「自分の嫁にする」と宣言したことがきっかけで鬼の一家と暮らすことに。ところが、成長した縁の前に彼女のことを「花嫁」と呼ぶ美しい妖狐の青年が現れて……？　傷を抱えた妖狐の少女×寡黙で心優しい鬼の少年の本格あやかし恋愛ファンタジー！

◉定価：726円（10%税込）　◉ISBN:978-4-434-32628-8

◉Illustration：月岡月穂

灰ノ木朱風
Shufoo Hainoki
吉祥寺あやかし甘露絵巻
～白蛇さまと恋するショコラ～
ちょっぴり
甘くてドキドキの
居候生活
スタート!?
閑静な住宅街、緑豊かな吉祥寺の古民家カフェ『9－Letters』。店主であるパティシエール・玲奈は、あやかしの姿を見ることができる『見鬼』の才を持っていた。右鬼や左鬼――カフェを手伝うあやかし達と共に暮らす彼女はある朝、あたたかな体温を感じて目が覚める。なんと隣に美貌の男が潜り込んでいたのだ！ 美貌の男の正体は、白蛇のあやかし。彼は玲奈に『霖』と名付けられ、不思議な居候生活がはじまることになったが、幼馴染の陰陽師・七弦には思う所があるようで――？ ちょっぴり甘くてドキドキのあやかしファンタジー！
◉定価：726円（10%税込）
◉ISBN:978-4-434-32480-2
◉Illustration：SNC

不器用なあやかしと、拾われた人の子。

美味しい父娘（ふたり）暮らし

店や勤め先を持たず、客先に出向き、求めに応じて食事を提供する流しの料理人・剣（けん）。その正体は、古い包丁があやかしとなった付喪神だった。ある日、剣は道端に倒れていた人間の少女を見つける。その子は痩せこけていて、名前や親について尋ねても、「知らない」と繰り返すのみ。何やら悲しい過去を持つ少女を放っておけず、剣は自分で育てることを決意する――あやかし父さんの美味しくて温かい料理が、少女の傷ついた心を解（ほど）いていく。ちょっぴり不思議な父娘の物語。

◉各定価：726円（10％税込）　◉Illustration：新井テル子

この作品に対する皆様のご意見・ご感想をお待ちしております。

おハガキ・お手紙は以下の宛先にお送りください。

【宛先】

〒 150-6008 東京都渋谷区恵比寿 4-20-3 恵比寿ｶﾞｰﾃﾞﾝﾌﾟﾚｲｽﾀﾜｰ 8F
（株）アルファポリス　書籍感想係

メールフォームでのご意見・ご感想は右のＱＲコードから、
あるいは以下のワードで検索をかけてください。

ご感想はこちらから

アルファポリス文庫

鎌倉お宿のあやかし花嫁

小春 りん（こはる りん）

2023年11月25日初版発行

編　集－星川ちひろ
編集長－倉持真理
発行者－梶本雄介
発行所－株式会社アルファポリス
〒150-6008 東京都渋谷区恵比寿4-20-3 恵比寿ｶﾞｰﾃﾞﾝﾌﾟﾚｲｽﾀﾜｰ8F
TEL 03-6277-1601（営業）　03-6277-1602（編集）
URL https://www.alphapolis.co.jp/
発売元－株式会社星雲社（共同出版社・流通責任出版社）
〒112-0005 東京都文京区水道1-3-30
TEL 03-3868-3275
装丁イラスト－桜花舞
装丁デザイン－西村弘美
印刷－中央精版印刷株式会社

価格はカバーに表示されてあります。

落丁乱丁の場合はアルファポリスまでご連絡ください。

送料は小社負担でお取り替えします。


ISBN978-4-434-32929-6 C0193